Christine Nöstlinger
Der gefrorene Prinz

Christine Nöstlinger

Der gefrorene Prinz

Märchenroman

Bildtafeln von F. K. Waechter

BELTZ
& Gelberg

Christine Nöstlinger, geboren 1936, lebt in Wien. Sie veröffentlichte Gedichte, Romane, Filme und zahlreiche Kinder- und Jugendbücher. Im Programm Beltz & Gelberg sind u.a. erschienen: *Wir pfeifen auf den Gurkenkönig* (Deutscher Jugendbuchpreis), *Maikäfer flieg!* (Buxtehuder Bulle u. Holländischer Jugendbuchpreis), *Der Hund kommt* (Österreichischer Staatspreis), *Der neue Pinocchio* und *Der Zwerg im Kopf.* 1984 wurde Christine Nöstlinger für ihr Gesamtwerk mit der internationalen Hans-Christian-Andersen-Medaille ausgezeichnet.

Friedrich Karl Waechter, geboren 1937 in Danzig. Ausbildung als Grafiker. Lebt in Frankfurt a.M. Zeichnet u.a. für *Titanic*, veröffentlichte Cartoonbände (*Wahrscheinlich guckt wieder kein Schwein*), Theaterstücke und Kinderbücher. Für sein Bilderbuch *Wir können noch viel zusammen machen* erhielt er den Deutschen Jugendbuchpreis. Im Programm Beltz & Gelberg sind folgende Bücher von F.K. Waechter erschienen: *Brülle ich zum Fenster raus, Opa Huckes Mitmach-Kabinett, Drei Wandgeschichten* und *Spiele.*

Die Bildtafeln von F. K. Waechter sind zuerst im Kindermagazin Der Bunte Hund erschienen; für den vorliegenden Märchenroman dienten sie als Vorlage zur Handlung.

Einbandgestaltung von Wolfgang Rudelius unter Verwendung eines Bildes von F.K. Waechter
Gesetzt aus der 12 Punkt Times
auf MOPAS-Satzsystem, belichtet auf Linotronic 300
Gesamtherstellung Druckhaus Beltz, 6944 Hemsbach
Printed in Germany
ISBN 3 407 80043 6

Es gibt eine Geschichte, die steht in einem kleinen Buch geschrieben, das aus der Krone eines uralten Baumes gefallen ist, als man ihn gefällt hat. Mit grüner Tinte ist die Geschichte aufgeschrieben, und sie fängt so an:

»Vor meines Vaters Haus fiel eines Tages ein gefrorener Prinz vom Himmel …«

Doch in Wirklichkeit ist der Anfang dieser Geschichte nur das Ende einer anderen Geschichte, und die fängt so an:

Es war einmal, in uralter Zeit, ein kleines Königreich. Das hatte Berge mit Tälern dazwischen, das hatte Wälder und Wiesen und Felder. Und mitten durch das Königreich, von Norden nach Süden, floß ein Fluß. Zwei Schlösser hatte das kleine Königreich auch. Eines am rechten Flußufer, eines am linken Flußufer. Und einen König und eine Königin gab es im kleinen Königreich. Und die hatten einen Sohn, den Prinzen Franz.

Im Sommer wohnte Prinz Franz mit seinen Eltern im Schloß am rechten Flußufer, weil es da zwei große Sonnenterrassen und einen weiten Schloßpark gab. Im Winter wohnte er mit seinen Eltern im Schloß am linken Flußufer, weil es da dicke Kachelöfen und offene Kamine gab und einen Schloßteich, auf dem Prinz Franz Schlittschuh laufen konnte.

Der König und die Königin liebten Prinz Franz sehr. Oft sagten sie von ihm: »Er ist unser ganzes Glück!«

Prinz Franz war wirklich das ganze Glück seiner Eltern. Wäre er nicht gewesen, hätten sie gar kein Glück gehabt, denn miteinander hatten sie großes Unglück. Sie mochten einander nicht, sie waren einander zuwider! Sie verfluchten den Tag, an dem sie geheiratet hatten. Sie redeten nur noch miteinander, wenn sie stritten, und manchmal stritten sie so laut, daß man ihre Brüllstimmen bis in die Nachbarländer hinüber hören konnte.

Prinz Franz liebte seine Eltern von ganzem Herzen und litt sehr unter ihrem ewigen Streit. »Könntet ihr euch nicht mir zuliebe ein bißchen besser vertragen?« bat er seine Eltern immer wieder. Doch der König und die Königin, die dem Prinzen sonst jeden Wunsch erfüllten, schüttelten dann die Köpfe. Und die Zofe der Königin sagte zu Prinz Franz: »Dein Vater ist schuld! Der ärgert deine Mutter so sehr, daß sie davon schon magenkrank ist. Ärger schlägt sich nämlich auf den Magen!«

Und der Kammerdiener des Königs sagte zu Prinz Franz: »Deine Mutter ist schuld! Die ärgert deinen Vater so sehr, daß ihm dauernd die Galle überläuft. Richtig gallenkrank ist er schon. Ärger schlägt sich nämlich auf die Galle!«

Prinz Franz gewöhnte sich daran, Eltern zu haben, die jeden Tag streiten. Aber weil er ihr Gezänk so wenig wie möglich hören wollte, spielte er immer im Schloßgarten. Im Sommer unter den schattigen Bäumen, im Winter auf dem gefrorenen Teich. Und er bat seine Eltern, vor dem Streiten die Fenster zu schließen. Diesen Wunsch konnten sie ihm erfüllen.

Einmal nun, im Winter war es, im Schloß am linken Flußufer, da hörte der Prinz, als er gerade auf dem gefrorenen Teich das Rückwärtslaufen übte, seine Eltern schrecklich laut brüllen. So laut, wie er es noch nie gehört hatte! Erschrocken schaute er zu den Schloßfenstern hin und sah, daß von dem schrecklich lauten Gebrüll sogar schon drei Fensterscheiben zersplittert waren!

So, wie er war, mit den Schlittschuhen an den Füßen, lief Prinz Franz zum Schloß. Als er dort ankam, war das schrecklich laute Gebrüll verstummt.

In der großen Eingangshalle traf er die Zofe und den Kammerdiener. Die Zofe zog dem Prinzen den rechten Schlittschuh vom Fuß und sagte: »Ach, kleiner Prinz, heute hätten sich deine Eltern fast gegenseitig umgebracht! Mit ihren Zeptern sind sie aufeinander los!«

Der Kammerdiener zog dem Prinzen den linken Schlittschuh vom Fuß und sagte: »Aber gottlob haben sie die Zepter dann fallen lassen müssen, weil sie so schrecklich starke Schmerzen bekommen haben. Der König in der Galle, die Königin im Magen!«

»Und was ist jetzt?« fragte Prinz Franz.

Die Zofe sagte: »Jetzt sind sie ihm Thronsaal und denken nach.«

Der Kammerdiener sagte: »Weil es doch mit ihnen so nicht weitergehen kann.«

Prinz Franz schlich zum Thronsaal. Er wollte seine Eltern beim Nachdenken nicht stören, also schaute er durch das Schlüsselloch der Saaltür in den Thronsaal hinein.

Der König und die Königin saßen auf den Thronsesseln und hatten die Kronen auf den Köpfen. Waren ihre Köpfe gekrönt, konnten sie nämlich besser denken.

So angestrengt dachten der König und die Königin nach, daß winzige hellgrüne Denkfunken zwischen den Kronenzacken hin und her schwirrten, und man hätte meinen können, zwei Schwärme von Glühwürmchen bauten sich da Nester in den Königskronen.

Prinz Franz legte ein Ohr an die Tür, und da hörte er seine Mutter sagen: »Um meine Magenschmerzen loszuwerden, muß ich dich loswerden!« Und dann hörte er seinen Vater sagen: »Um meine Gallenschmerzen loszuwerden, muß ich dich loswerden!« Und dann riefen beide so laut, daß es der Prinz auch gehört hätte, ohne an der Tür zu lauschen: »Wir brauchen uns ja bloß scheiden zu lassen, und jeder hat seinen Frieden!«

Traurig schlich Prinz Franz vom Thronsaal weg. Und was wird aus mir, wenn sich meine Eltern scheiden lassen? fragte er sich. Weil er darauf keine Antwort fand, schlich er wieder zum Thronsaal zurück und schaute durch das Schlüsselloch. Jetzt dachten der König und die Königin so angestrengt nach, daß aus ihren Kronen viele hellblaue Denkfunken sprühten, und man hätte meinen können, da brenne ein Feuerwerk ab.

Prinz Franz legte ein Ohr an die Thronsaaltür, und da hörte er seine Mutter sagen: »Ich meine, mein Franz steht mir zu!«

Und dann hörte er seinen Vater sagen: »Ich meine, mein Franz steht mir zu!«

Und dann riefen der König und die Königin, so laut, daß es Prinz Franz auch ohne Ohr an der Tür gehört hätte: »Da werden wir uns wohl nie einig werden, da muß der Franz selber entscheiden, zu wem er gehören will!«

Blitzschnell lief Prinz Franz vom Thronsaal weg, damit ihn seine Eltern nicht fragen konnten, zu wem er gehören wolle. Er verkroch sich in der königlichen Küche unter dem großen Küchentisch, und er kam auch nicht hervor, als die Stimme des Königs durchs Schloß dröhnte: »Franz, mein lieber Franz, komm zu mir!«

Und die Stimme der Königin, die genauso laut nach ihm brüllte, lockte ihn auch nicht unter dem Küchentisch hervor.

Die Zofe und der Kammerdiener wußten, wo sich Prinz Franz versteckt hatte, doch sie hatten Mitleid mit ihm und verrieten ihn nicht. »Keine Ahnung, wo unser kleiner Prinz steckt«, schwindelten sie dem König und der Königin vor. »Er wird schon von selber kommen, wenn es Abend wird.«

Sooft sie ein bißchen Zeit dafür fanden, kamen sie in die königliche Küche und berichteten dem Prinzen, was sich oben im Thronsaal beim König und der Königin tat. Einmal sagte die Zofe: »Sie teilen ihr Hab und Gut auf. Ohne Streit, ohne ein böses Wort! Wahrscheinlich, weil sie so froh sind, einander bald los zu sein.«

Einmal sagte der Kammerdiener: »Das Königreich haben sie auch geteilt. Der König kriegt die Hälfte links vom Fluß, die Königin kriegt die Hälfte rechts vom Fluß.« Dann kam die Zofe und sagte: »Jetzt hat mir die Königin befohlen, alles Hab und Gut, das nun ihr gehört, auf den großen Wagen zu packen. Heute noch übersiedeln wir in die rechte Reichshälfte.«

Dann kam der Kammerdiener und sagte: »Jetzt hat mir der König befohlen, neben dem großen Wagen Wache zu stehen. Damit nichts drauf kommt, was ihm gehört.«

Und dann sagte der Schloßkoch: »Kleiner Prinz, der Wagen ist gepackt. Sie tun schon die Regenplane drüber. Es wird langsam Zeit, daß du dich entscheidest!«

Aber Prinz Franz wußte noch immer nicht, ob er mit der Mutter gehen oder beim Vater bleiben sollte. Er hatte die beiden gleich lieb, keinen der beiden wollte er missen, und keinen der beiden wollte er kränken.

»Angeblich denkt es sich unter den Kronen deiner Eltern besonders gut«, sagte der Schloßkoch. »Soll ich dir eine holen?«

Prinz Franz hielt das für eine gute Idee. Wenn die Kronen seinen Eltern beim Denken halfen, dann würden sie wohl auch ihm helfen können! »Ja, sei so lieb«, sagte er zum Schloßkoch. »Bring mir aber alle beide!«

Der Schloßkoch lief in den Thronsaal und holte die Kronen. Prinz Franz setzte zuerst die Krone der Königin auf, weil die die kleinere war, dann stülpte er die Krone des Königs über die Krone der Königin, und kaum saßen die beiden Kronen übereinander, knallte es laut. Ein riesiger, dunkelroter, dreimal gezackter Denkfunken fuhr durch die Tischplatte hoch. Das war ein Blitzen und Donnern, daß man hätte meinen können, mitten in der Küche breche ein Gewitter los.

Der gewaltige Denkfunken zerbarst an der Küchendecke in unzählige winzige Funken, die auf den erschrockenen Schloßkoch herunterregneten, das donnernde Knallen verebbte, Prinz Franz nahm die Kronen vom Kopf und kam unter dem Tisch hervor.

»Dieses Denken war aber reichlich!« rief der Schloßkoch.

Prinz Franz nickte. »Nun weiß ich, was ich tun muß«, sagte er. »Aber ich brauche deine Hilfe.«

»Stehe zu Diensten, kleiner Prinz«, sagte der Schloßkoch. Bei der Aufregung, die im Schloß herrschte, hatte niemand Essen bei ihm bestellt. Er hatte also Zeit.

Ohne daß der König oder die Königin, die Zofe oder der Kammerdiener etwas davon bemerkte, schlichen der Prinz und der Koch in das Gemach des Prinzen. Sie packten sein Bett, trugen es die Treppe hinunter und beim königlichen Dienstbotenausgang, der auf der hinteren Schloßseite war, hinaus. Durch den Schloßpark trugen sie es und über die Wiese zum Fluß hinunter, der das Königreich in zwei Hälften teilte. Dort angekommen, stellten sie das Bett, wie eine kleine Brücke, über den Fluß. Mit dem Kopfteil stand es auf dem linken Flußufer, mit dem Fußteil auf dem rechten Flußufer.

Dann sprang der Prinz in das Bett hinein und zog sich die Decke bis zum Kinn. Bitterkalt war ihm trotzdem. Es war ja ein eisiger Abend.

»Und jetzt rufe meine Eltern«, sagte Prinz Franz mit klappernden Zähnen zum Schloßkoch.

Der Schloßkoch lief zum Schloß zurück, und es dauerte gar nicht lange, da kamen der König und die Königin vom Schloß her zum Fluß gerannt.

»Franz«, schrie die Königin, als sie das Bett über dem Fluß sah, »um Himmels willen, was fällt dir denn ein?«

»Franz«, schrie der König, als er am Ufer war. »Um Himmels willen, du holst dir doch den Tod!«

»Das ist die einzig gerechte Lösung, liebe Eltern«, rief der Prinz. »So habt ihr jeder gleich viel von mir. Eine Nacht werde ich mit dem Kopf im Königreich

Dann sprang der Prinz in das Bett hinein und zog sich die Decke bis zum Kinn. Bitterkalt war ihm trotzdem. Es war ja ein eisiger Abend.

meiner Mutter schlafen und eine Nacht mit dem Kopf im Königreich meines Vaters!«

Der König und die Königin wateten ins Wasser hinein und versuchten das Bett an Land zu ziehen. Doch die Königin wollte es ans rechte Flußufer ziehen und der König ans linke. Mit aller Kraft rissen und zerrten sie am Bett des Prinzen herum, und weil sie beide gleich stark waren und weil keiner nachgeben wollte, zerbrach das Bett. Der König hielt das Kopfteil in den Händen, die Königin hielt das Fußteil in den Händen, und der Prinz schwamm auf dem Bettbrett, wie auf einem Floß, den Fluß hinunter, schneller und immer schneller, und war, bevor der König und die Königin noch recht begriffen, was sie da angerichtet hatten, um die nächste Flußbiegung verschwunden.

Mitten im Fluß schwamm der Prinz auf seinem Bettbrett dahin. Er versuchte gar nicht, ein Ufer zu erreichen, weil er ja nicht wußte, ob er sich für das rechte oder das linke entscheiden sollte.

Der Fluß wurde immer breiter und breiter. Aus der Dämmerung wurde rabenschwarze Nacht, ohne Mond, ohne Sterne. Der arme Prinz Franz umklammerte mit beiden Armen das Bettbrett. Unter ihm gurgelte und gluckerte das Wasser, über ihm brauste der Wind, manchmal schwappte eine Welle über das Bettfloß. Klatschnaß war der Prinz. Und seine Decke und sein Kissen waren längst ins Wasser gefallen.

Als der Morgen graute, merkte der Prinz, daß sein Bettfloß am Untergehen war. Die Matratze hatte sich mit Wasser vollgesogen und war so schwer geworden, daß sie das Bettbrett unter Wasser drückte. Verzweifelt dachte der Prinz: Ich muß ans Ufer! Ob ans rechte oder ans linke, das war ihm in seiner Not jetzt schon gleich!

Der Prinz richtete sich auf, um zu sehen, ob das rechte oder das linke Flußufer näher lag, doch bevor er das noch ausgemacht hatte, kippte das Bettbrett, die Matratze kam ins Rutschen, plumpste ins Wasser und soff ab. Das Bettbrett drehte sich, der Prinz wollte es festhalten, doch es entglitt seinen Händen, schlug ihm auf den Kopf, wurde von der Strömung erfaßt und schwamm davon.

Ganz benommen vom Schlag war Prinz Franz. Und ordentlich schwimmen hatte er auch noch nicht gelernt. Er schlug mit Armen und Beinen um sich, so gut er eben konnte, und es gelang ihm, den Kopf über Wasser zu halten. Doch er spürte, daß seine Kraft auch dazu nicht mehr lange reichen würde.

Schon wollte er sich in sein trauriges Los fügen und drohte zu ertrinken, da prallte er, im Wasser hilflos dahintreibend, auf etwas Hartes. Auf einen Holzpfosten! Der schwamm nicht im Wasser, der stand, fest und kerzengerade, im Wasser drinnen. Und oben, am Ende des Holzpfostens, war ein kleines Holzhaus.

Der Prinz umarmte den Holzpfosten und dachte:

Wenn es für mich überhaupt noch eine Rettung gibt, dann ist es dieser Pfosten!

Mit letzter Kraft zog sich Prinz Franz am Pfosten hoch und aus dem Wasser heraus und kletterte in das Holzhaus hinein. Da saß er dann und ließ sich von den warmen Strahlen der aufgehenden Sonne trocknen. Daß die Morgensonne mitten im Winter so warm scheinen konnte, wunderte den Prinzen sehr. Er wußte ja nicht, daß er in der rabenschwarzen Nacht auf seinem Bettbrett fünf Königreiche durchquert hatte, immer von Norden nach Süden zu, und nun, weit unten im Süden, in einem Land war, wo es gar keinen richtigen Winter gab, wo es im Winter bloß ein bißchen weniger heiß war als im Sommer.

Gegen Mittag war der Prinz wieder trocken. Nicht einmal einen Schnupfen hatte er abbekommen. Bloß sehr hungrig und sehr durstig war er. Und keine Ahnung hatte er, wie er vom Holzhaus weg und aus dem Wasser herauskommen sollte. Aus eigener Kraft, das war ihm klar, würde er nie im Leben an ein Ufer gelangen. Also rief er, obwohl weit und breit keine Menschenseele sichtbar war, um Hilfe. So laut er nur konnte, brüllte er und hoffte inständig, der Wind möge das Gebrüll an Land tragen und in hilfsbereite Ohren hineinblasen.

Total heiser gebrüllt hatte sich der Prinz schon und konnte nur noch ganz leise »zu Hilfe« krächzen, da sah er endlich, vom Ufer her, ein Boot kommen. Direkt auf ihn zu steuerte das Boot. Ein wunderschönes Mädchen saß darin. Es hatte lange blonde Haare, die leuchteten im Sonnenschein wie pures Gold. Und sehr schlank war das Mädchen. Aber es mußte trotzdem sehr kräftig sein, denn das Boot kam blitzschnell näher.

»Wenn ich du wäre«, rief das wunderschöne Mädchen Prinz Franz zu, »würde ich nicht da oben sitzen! Und wenn ich schon da oben säße, dann würde ich den Mund halten und nicht so laut brüllen!«

Das wunderschöne Mädchen hörte zu rudern auf und ließ das Boot langsam auf das Holzhaus zugleiten. »Du sitzt nämlich«, sagte es, »im Haus des großen blauen Wasservogels! Und der große blaue Wasservogel mag ungebetene Gäste nicht! Wenn er dich sieht oder hört, könnte es dir schlecht ergehen!«

Kaum hatte das wunderschöne Mädchen das gesagt, war ein gewaltiges Rauschen in der Luft, und ein riesiger Schatten fiel auf das kleine Holzhaus und den Prinzen.

Das wunderschöne Mädchen hob seinen weißen langen Rock und rief: »Wenn dir dein Leben lieb ist, dann versteck dich hier!«

So ernst und so aufgeregt klang das, daß Prinz Franz keinen Augenblick zögerte. Er zog die Beine an, stieß sich vom Holzhaus ab und sprang in das Boot hinein. Genau zwischen den Beinen des wunderschönen Mädchens landete er, und das wunderschöne

Das wunderschöne Mädchen hörte zu rudern auf und ließ das Boot langsam auf das Holzhaus zugleiten.

Mädchen breitete flugs den langen weißen Rock wieder über die Beine und damit auch über den Prinzen.

»Halte still wie ein Stein und bleibe stumm wie ein Fisch«, flüsterte es.

Im langen weißen Rock des wunderschönen Mädchens waren viele kleine Löcher. Solche, wie sie von Motten gefressen werden. Durch zwei dieser Löcher konnte der Prinz aus seinem Versteck schauen und einen riesengroßen dunkelblauen Vogel sehen, der das Holzhaus flügelschlagend umkreiste. Dabei kreischte er: »Da war doch einer! Wo ist der Kerl? Her mit ihm, damit ich ihm den Garaus mache!«

Das wunderschöne Mädchen sagte: »Großer Vogel, das mußt du geträumt haben! Da war niemand, und da ist auch niemand!«

Der große Vogel kreischte: »Beim Fliegen schlafe ich nicht, und wenn ich nicht schlafe, dann kann ich auch nicht träumen!«

»Dann war es eben eine Täuschung, großer Vogel«, sagte das wunderschöne Mädchen. »Die Sonne scheint auf das Wasser und auf dein Schloß, und dein Schloß wirft einen Schatten auf das Wasser, und die Wellen kräuseln den Schatten, und von oben her mag das dann so aussehen, als ob da einer wäre!«

Der große dunkelblaue Vogel ließ sich auf dem Dach vom Holzhaus nieder und schlug weiter mit den Flügeln. »Mag ja sein«, krächzte er, »aber ich habe den Kerl doch schreien gehört! Und ein Schatten, der sich kräuselt, kann nicht schreien!«

Das wunderschöne Mädchen lachte. »Mich hast du schreien gehört, großer Vogel«, sagte es. »Ich habe bloß ein bißchen um Hilfe gerufen!«

Der große dunkelblaue Vogel ließ das Flügelschlagen sein. Ganz besorgt krächzte er: »Warst du in Gefahr?«

»Ach nein«, sagte das wunderschöne Mädchen. »Ich wollte nur ausprobieren, ob du mir zu Hilfe kommst, wenn ich in Gefahr wäre!«

»Ach, was bist du denn für ein Dummerchen«, krächzte der große dunkelblaue Vogel. »Weißt du denn nicht, daß ich immer ein Auge auf dich habe, ganz gleich, wo ich gerade bin?«

»Ich will es mir merken, großer Vogel«, sagte das wunderschöne Mädchen.

»Dann will ich mich wieder an die Arbeit machen«, krächzte der große dunkelblaue Vogel, flatterte vom Holzhaus hoch und flog davon.

Bald war er nur noch als winziger Punkt am blauen Himmel zu sehen.

»Das hätten wir fürs erste geschafft«, sagte das wunderschöne Mädchen, tauchte die Ruder ins Wasser und steuerte das Boot vom Holzhaus weg.

»Kann ich nun rauskommen?« fragte Prinz Franz, der in dem Rockversteck schon gewaltig schwitzte.

»Lieber noch nicht«, sagte das wunderschöne Mädchen. »Ich bin mir nicht klar, wie gut der große Vogel wirklich sieht. Warte, bis wir im Schilf sind. Dort bist du gewiß in Sicherheit!«

Also wartete der Prinz, bis das wunderschöne Mädchen das Boot ins Schilf am Ufer gefahren hatte, dann erst kroch er unter dem Rock hervor.

»Wo kommst du denn her?« fragte das wunderschöne Mädchen.

Prinz Franz erzählte dem wunderschönen Mädchen von der Königin und vom König, von der Scheidung und vom Bett, das er über den Fluß gestellt hatte, vom Kampf seiner Eltern um das Bett und von seiner Reise auf dem Bettbrett nach Süden. »Und nun«, sagte der Prinz dann, »muß ich so schnell als möglich zurück. Sonst halten mich meine Eltern für tot und geben einander die Schuld an meinem Tod. Dann könnte es leicht sein, daß sie einander den Krieg erklären. Rechte Reichshälfte gegen linke Reichshälfte! Und das muß ich verhindern!«

»Du kannst aber nicht zurück«, sagte das wunderschöne Mädchen. »Den Fluß hinab kommt man leicht, aber stromaufwärts hat noch niemand schwimmen können.«

»Dann gehe ich halt das Ufer entlang«, sagte der Prinz. »Schwimmen kann ich ohnehin nicht!«

»Das eine Ufer ist sumpfig«, sagte das wunderschöne Mädchen. »Da sinkt man bis über den Nabel im Sumpf ein und kommt nie mehr heraus. Und das andere Ufer ist felsig, da stolpert man leicht in eine Schlucht und stürzt sich zu Tode!«

»Ich muß es aber trotzdem versuchen!« sagte der Prinz.

»Laß es bloß bleiben«, sagte das wunderschöne Mädchen. »Selbst wenn du es schaffen würdest, durch den Sumpf zu waten oder über die Felsen zu klettern, der große Vogel würde dich über kurz oder lang doch entdecken und dich umbringen.«

»Warum will mich der Kerl denn umbringen?« fragte Prinz Franz. »Ich habe ihm doch nichts getan!«

Das wunderschöne Mädchen deutete zum Himmel hinauf. »Dem großen blauen Vogel«, sagte es, »gehört dieses Land. Tag und Nacht fliegt er die Grenzen seines Landes ab und wacht darüber, daß niemand in sein Reich eindringt. Nur in der Nacht von Samstag auf Sonntag fliegt er nicht. Da schläft er in seinem Holzhaus und sammelt Kräfte für die nächste Woche!«

»Und warum tut er das?« fragte Prinz Franz.

»Wegen mir«, antwortete das wunderschöne Mädchen. »Ich bin nämlich seine Braut. Und er hat große Angst, daß ich ihm gestohlen werden könnte.«

»Hast du denn den großen blauen Vogel lieb?« fragte Prinz Franz.

»Darauf kommt es nicht an«, sagte das wunderschöne Mädchen. »Aber in diesem Land gibt es nur ihn und mich. Außer uns beiden leben nur noch Fische, Frösche, Würmer und Insekten hier. Da ist ein Vogel, dazu noch ein großer, das Beste, was man kriegen kann!«

Das wunderschöne Mädchen seufzte.

»Mein Herz hängt allerdings an einem rosa Teddybären. Den hat voriges Jahr der Fluß, genauso wie dich, hergetragen. Liebe auf den ersten Blick war es zwischen uns. Doch wie der große blaue Vogel das bemerkt hat, ist er sehr wütend geworden und ist auf meinen rosa Teddy losgestürzt, hat ihn gepackt und ist mit ihm davongeflogen.«

Eine Träne trat dem wunderschönen Mädchen ins rechte Auge. Es zeigte landeinwärts, zu einem großen Wald. »Und dort, aus großer Höhe, hat der große blaue Vogel meinen Teddy fallen lassen. Der hat sich gewiß das Genick gebrochen.«

Das wunderschöne Mädchen wischte sich die Träne aus dem rechten Auge. »Seit diesem Tag bewacht der große Vogel eifersüchtig das Land, damit nie wieder wer kommen kann, in den ich mich verlieben könnte.«

Dem Prinzen ging das Leid des wunderschönen Mädchens sehr zu Herzen. Er wollte es trösten, und so sagte er: »Oft überlebt man einen Sturz aus großer Höhe. Teddybären halten da besonders viel aus. Ich hatte einmal einen kleinen hellblauen Teddy, der ist mir aus einem Schloßfenster im vierten Stock gefallen. Und gar nichts ist ihm passiert, außer daß er ein bißchen dreckig geworden ist, weil er ins Mistbeet gefallen ist!«

»Du meinst, mein lieber Teddy könnte noch am Leben sein?« fragte das wunderschöne Mädchen.

»Wenn er wirklich in den Wald gefallen ist«, sagte der Prinz, »dann bin ich mir sicher, daß er den Sturz überlebt hat. Auf Baumkronen fällt man weich, da landet man wie auf hundert Federbetten und tut sich nicht weh! Glaub mir das!«

Das wunderschöne Mädchen seufzte wieder. »Ich glaub dir's ja«, sagte es. »Aber das ändert auch nichts. Wie soll ich denn in den großen Wald kommen, wenn der Vogel immer ein Auge auf mich hat?«

»In der Nacht von Samstag auf Sonntag schläft er doch«, sagte der Prinz.

»So ist es wohl«, sagte das wunderschöne Mädchen. »Doch da ist der Sumpf am Ufer, und durch den komme ich genausowenig wie du. Ich habe es schon einmal versucht. Sonntag, gleich als die Sonne aufging, hat mich der große Vogel entdeckt. Bis zum Bauchnabel war ich im Schlamm drinnen. Er hat mich herausgezogen und ins Boot zurückgebracht.« Das wunderschöne Mädchen schüttelte den Kopf. »Nein, nein, da ist gar nichts zu machen!«

»Und wenn ich mir einen Weg durch den Sumpf ausdenken würde?« fragte der Prinz.

»Den würde ich mit dir gehen«, antwortete das wunderschöne Mädchen.

»Auch wenn er gefährlich wäre?« fragte der Prinz.

»Auch dann!« antwortete das wunderschöne Mädchen.

»Du bist sehr mutig«, sagte der Prinz.

»Ach, nicht besonders«, sagte das wunderschöne Mädchen. »Da muß ich dich nämlich warnen! Wenn die Gefahr sehr groß werden sollte, werde ich um Hilfe rufen. Und der große Vogel hat einen leichten Schlaf und ist gleich munter, wenn es laut wird. Er sieht im Dunkeln ebensogut wie am Tage. Und er wird kommen und mich retten. Mir tut er nichts zuleide, denn mich liebt er. Aber dich, kleiner Prinz, würde er töten!«

Seelenruhig und lächelnd sagte das wunderschöne Mädchen das. Ganz so, als sei ihm gleich, was mit Prinz Franz geschehen würde. Das enttäuschte den Prinzen sehr. Traurig fragte er: »Warum hast du mich überhaupt gerettet, wenn dir nichts an mir liegt?«

»Man tut, was man kann«, sagte das wunderschöne Mädchen. »Aber man muß das Leben nehmen, wie es ist. Und das meine, scheint es, ist dem großen Vogel auf Gedeih und Verderb ausgeliefert. Damit habe ich mich wohl abzufinden.«

Prinz Franz schüttelte den Kopf. »So darfst du nicht denken!« rief er.

»Pscht!« sagte das wunderschöne Mädchen. »Nicht so laut, der große Vogel hat gute Ohren.«

»Ich schwöre dir«, flüsterte der Prinz, »ich finde einen Ausweg. Für dich und für mich. Wenn du mich bis zur Nacht vom Samstag auf den Sonntag vor dem großen Vogel versteckst, dann bringe ich dich durch den Sumpf ans feste Land und in den Wald und helfe dir, deinen rosa Teddy zu finden!«

Damit war das schöne Mädchen einverstanden. Lange brauchte es Prinz Franz ohnehin nicht zu verstecken, denn es war bereits Freitag, und bis sich der große Vogel zum Schlafen ins Holzhaus begeben würde, dauerte es nur noch an die sechsunddreißig Stunden.

»Ich muß jetzt wieder aus dem Schilf raus«, sagte das wunderschöne Mädchen. »Wenn mich der große Vogel längere Zeit nicht sieht, wird er mißtrauisch und kommt aus den Lüften herab, um nach mir zu sehen.« Das wunderschöne Mädchen hob seinen Rock. »Kriech wieder unter«, sagte es. »Und denk dir einen guten Weg aus!«

»Einen Moment noch!« sagte der Prinz. »Um ordentlich nachdenken zu können, brauche ich eine Krone. Ist mein Kopf gekrönt, geht das Denken leichter. Das liegt bei uns so in der Familie.«

»Eine Krone?« fragte das wunderschöne Mädchen. »Was ist das? Von so etwas habe ich noch nie gehört.«

Der Prinz erklärte dem wunderschönen Mädchen, wie eine Krone aussieht.

»Nun ja«, sagte das wunderschöne Mädchen. »Ich habe geschickte Finger. So ein Kronending könnte ich schon hinkriegen, wenn es nicht unbedingt aus Gold und Edelsteinen sein muß.«

»Muß es gewiß nicht«, sagte der Prinz. Dann kroch er wieder unter den Rock, und das wunderschöne Mädchen ruderte das Boot aus dem Schilf auf das Wasser hinaus.

Aber es ruderte nur mit einer Hand.

Mit der anderen Hand rupfte es Schilf aus, und dann, im offenen Wasser draußen, pickte es dunkelblaue Vogelfedern von der Wasseroberfläche auf.

Die Federn hatte wohl der große blaue Vogel verloren.

»Was tust du da?« fragte der Prinz, der das wunderschöne Mädchen durch die Mottenlöcher bei der Arbeit beobachtete. Das wunderschöne Mädchen gab ihm keine Antwort, doch der Prinz merkte bald von selber, was es da machte. Aus einem Schilfrohr wand es einen Reif. Und in diesen Reif flocht es Federchen um Federchen ein. Zwischen die Federchen steckte es Binsenköpfe. Schließlich sah das Ganze wirklich wie eine Krone aus.

Das wunderschöne Mädchen steckte dem Prinzen die Krone zu, und der Prinz setzte sie auf und dachte nach. So angestrengt dachte er nach, daß Tausende winziger Denkfunken zwischen den Federchen und den Binsen hin und her sausten, und man hätte meinen können, das wunderschöne Mädchen habe ein Blaulicht unter dem Rock.

Trotz des strahlend hellen Sonnenscheins war das blaue Licht deutlich zu sehen. Auch der große Vogel, hoch oben in der Luft, sah es und kam im Sturzflug herunter. Flügelschlagend umkreiste er das Boot und krächzte: »Was ist da unter deinem Rock?«

»Was soll schon unter meinem Rock sein? Gar nichts ist da!« sagte das wunderschöne Mädchen in aller Seelenruhe.

Der große blaue Vogel flatterte ins Boot und wollte mit seinem Schnabel den Rock des wunderschönen Mädchens hochheben. Doch das wunderschöne Mädchen hieb ihm mit beiden Fäusten auf den Kopf und rief mit empörter Stimme: »Wage ja nicht, mir vor der Hochzeit unter den Rock zu schauen! Ich bin eine ehrbare Braut!«

Der große blaue Vogel ließ vom Rock des wunderschönen Mädchens ab und flatterte wieder um das Boot herum und beäugte das wunderschöne Mädchen mißtrauisch. Aber vom Blaulicht war nichts mehr zu sehen, denn Prinz Franz hatte die Federnkrone vom Kopf genommen. Die Lösung für sein Problem war ihm schon eingefallen!

»Das war gewiß eine Täuschung, großer Vogel«, sagte das wunderschöne Mädchen lachend. »Wenn die Sonne auf das Wasser scheint und das Wasser ruhig ist, dann glänzt und glitzert die Wasseroberfläche, als wäre sie ein riesengroßer Spiegel. Sicher hast du dein eigenes Spiegelbild im Wasser gesehen!«

Der große blaue Vogel ließ sich auf dem Bootsrand nieder und schlug weiter aufgeregt mit den Flügeln. »Ich habe das blinkende Blaulicht nicht im Wasser gesehen«, krächzte er, »sondern unter deinem Rock!«

Das wunderschöne Mädchen streckte eine Hand aus und kraulte den großen Vogel am Kopf, zwischen den Augen. Da schloß der große blaue Vogel die Augen und ließ auch das Flügelschlagen sein.

»Ja, weißt du denn nicht«, fragte das wunderschöne Mädchen, »wie prächtig und strahlend sich dein edles Spiegelbild im Wasser ausnimmt? Das ist so großartig und gigantisch, daß sogar mein armseliger Rock ein bißchen davon abbekommt!«

Diese Erklärung gefiel dem großen blauen Vogel. »Wenn das so ist, dann will ich mich wieder an die Arbeit machen«, krächzte er, flatterte vom Bootsrand hoch und flog davon. Bald war er nur noch als winziger Punkt am Himmel zu sehen.

»Das hätten wir geschafft«, sagte das wunderschöne Mädchen, tauchte die Ruder ins Wasser und steuerte das Boot dem anderen Flußufer zu, dort war kein Schilfgürtel, sondern eine hohe Felswand. Unten im Fels war der Eingang zu einer kleinen Wassergrotte. So schmal war dieser Eingang, daß das Boot gerade durchgleiten konnte. Und so niedrig war er, daß sich das wunderschöne Mädchen bücken mußte, um durchzukommen. Hinter dem engen Tor war ein winziger, stiller Teich, umgeben von Felswänden, überdacht von einer Kuppel aus bunten Kristallen. Die glitzerten und funkelten im Schein von zwei Fackeln, die an den Felswänden steckten. Mitten in der Grotte, von der Kristalldecke herab, hing an einem Seil ein großer Korb. Obst, Gemüse, Kräuter und Wurzeln waren darin.

»Das schleppt mir alles der große Vogel an«, sagte das wunderschöne Mädchen. »Jeden Tag bringt er mir mehr, als ich in einer Woche aufessen kann.«

Das wunderschöne Mädchen ließ das Boot zum Korb hin gleiten, und gierig machte sich Prinz Franz über die Bananen, die Mangos, den Fenchel und die Paradeiser* her. Auch Basilikum, Radieschen und Karotten verschlang er und schielte dabei unentwegt zum Eingang der Grotte, aus Angst, der große blaue Vogel könnte dort auftauchen.

Dem wunderschönen Mädchen entging der ängstliche Blick nicht. »Da mußt du keine Sorge haben«, sagte es. »Vor der Hochzeit schickt es sich nicht, daß der Bräutigam in die Wohnung der Braut kommt. Und ich habe dem großen blauen Vogel beigebracht, auf das zu achten, was sich schickt!«

Als sich Prinz Franz endlich satt gegessen hatte,

* *Paradeiser – Tomaten*

fühlte er sich sehr müde. Er wollte sich im Boot zum Schlafen zurechtlegen, doch das wunderschöne Mädchen sagte: »Ich muß wieder hinaus, sonst wird der große Vogel mißtrauisch. Untertags bin ich sonst nie daheim in meiner Wohnung!«

»Dann schlafe ich eben unter deinem Rock«, sagte der Prinz gähnend.

Das wunderschöne Mädchen war dagegen. Es sei Mittag, meinte es, und die Sonne knalle brandheiß vom Himmel, und wer in der Sonne einschlafe, der bekomme einen Sonnenstich, und von dem könne einem speiübel werden.

Das wunderschöne Mädchen ruderte das Boot zu einer Felswand hin. Dort war, einen Meter über dem Wasserspiegel, eine kleine Nische im Felsen. Gerade so groß wie ein Bett war die Nische. Eine Decke und ein Kissen lagen darin. Die Decke war aus Mausefellen zusammengenäht.

Prinz Franz kletterte aus dem Boot in die Felsnische. Das wunderschöne Mädchen klopfte das Kissen zurecht und sagte: »Die Federn in dem Kissen hat sich der große Vogel für mich ausgerupft. Ganz nackend war er an dem Tag, als er mir das Kissen geschenkt hat!«

Prinz Franz legte sich in die Nische und stopfte sich das Kissen unter den Kopf. Das wunderschöne Mädchen breitete ihm die Decke über. Es sagte: »Für die Decke hat der große Vogel vier Wochen lang unentwegt Mäuse gefangen, vom Morgen bis zum Abend und wieder bis zum Morgen. Sogar auf seinen Samstag-Sonntag-Schlaf hat er verzichtet!«

Und dann sagte das wunderschöne Mädchen: »Jetzt muß ich zum Vogelhaus. Nach dem Mittagessen will der große Vogel immer eine Geschichte erzählt haben.«

»So viele Geschichten weißt du?« murmelte Prinz Franz gähnend.

»Ach wo denn!« sagte das wunderschöne Mädchen. »Ich erzähle ihm jeden Nachmittag dieselbe Geschichte. Dem großen Vogel kommt es nur auf meine Stimme an, die hört er so gern. Und während ich rede, muß ich ihm den Bürzel* kraulen, das spürt er so gern!«

»Dann erzähl schön und kraul brav«, murmelte der Prinz und schloß die Augen.

»Und du schlaf schön brav«, sagte das wunderschöne Mädchen und gab Prinz Franz einen zarten Kuß auf die Stirn. Doch das spürte der Prinz schon nicht mehr, er war schon eingeschlafen.

Als Prinz Franz munter wurde, lag das wunderschöne Mädchen neben ihm, unter der Mausefelldecke. Der Prinz merkte, daß es schon Nacht war, denn dort, wo vorher das Sonnenlicht durch den Eingang

* *Bürzel – Schwanz von Vögeln*

der Grotte geblinzelt hatte, war nun bloß ein dunkler Fleck, kaum heller als die Felswände ringsherum.

Der Prinz kuschelte sich an das wunderschöne Mädchen und schlief wieder ein, und er hatte einen merkwürdigen Traum: Daheim war er, beim König und bei der Königin, und die beiden stritten miteinander wie eh und je. Doch das störte den Prinzen überhaupt nicht, denn das wunderschöne Mädchen war auch im Schloß und spielte mit ihm Fangen. Und immer, wenn der Prinz das wunderschöne Mädchen gefangen hatte, mußte es ihm einen Kuß geben. Und immer, wenn das wunderschöne Mädchen den Prinzen gefangen hatte, mußte er ihm einen Kuß geben.

Dann zog ein zarter Duft nach frisch gebackener Schokoladentorte durch das Schloß, und gleich danach kam ein riesengroßer schwarzer Hund und balancierte die Schokoladentorte auf dem Schädel durch den Thronsaal in das Frühstückszimmer und stellte sie auf dem Eßtisch ab.

Der Prinz lief zum Tisch und schnitt die Torte an. »Wunderschönes Mädchen, komm her«, rief er, »jetzt bekommst du die beste Torte der Welt!«

Da tauchte im offenen Fenster der Kopf eines Löwen auf. Der Prinz fürchtete sich vor dem Löwen nicht, denn er dachte: Das ist unsere Tussi aus dem Zoo im Schloßgarten, und die ist harmlos! Wahrscheinlich hat der Kammerdiener nach dem Füttern den Löwenkäfig nicht gut verriegelt.

Doch das wunderschöne Mädchen fürchtete sich sehr. Es flüchtete zitternd in den hintersten Winkel des Frühstückszimmers.

»Mußt keine Angst haben, unsere Tussi ist brav!« rief der Prinz lachend. Doch kaum hatte er das gesagt, war der Löwe zum Fenster hereingesprungen und zum hintersten Winkel hin. Er packte das wunderschöne Mädchen mit den Vorderpranken um die Mitte und mit den Zähnen im Genick, raste mit seiner Beute zum Fenster zurück und sprang hinaus.

»Tussi, bist du verrückt geworden?« schrie der Prinz. Er lief zum Fenster und sah den Löwen über den Schloßpark fliegen. Dem Löwen waren dunkelblaue Flügel gewachsen, und als er über der Schloßmauer war, waren aus seinen Pranken Krallen geworden und aus seinem Fell Federn. Er hatte sich in den großen blauen Vogel verwandelt und flog mit dem wunderschönen Mädchen im Schnabel davon.

Der Prinz fing zu weinen an. Er weinte sich wach und weinte noch ein bißchen weiter, als er schon richtig munter war.

Ganz allein lag der Prinz in der Felsnische, und durch den Eingang der Grotte drang helles Tageslicht.

Da tauchte im offenen Fenster der Kopf eines Löwen auf.

Daß nun Samstag war, wußte der Prinz. Doch ob es Morgen oder Vormittag war, konnte er nicht entscheiden. Sein Magen knurrte so stark, daß er dachte: Vielleicht ist es sogar schon Mittag? Außerdem mußte der Prinz dringend Pipi machen. Ratlos zappelte er in der Felsnische herum. Einfach ins Wasser hinunterpinkeln wollte er nicht. Da hätte er dem wunderschönen Mädchen ja mitten in die gute Stube gemacht! Und gegen den knurrenden Hunger konnte Prinz Franz auch nichts tun. Viel zu weit weg von der Felsnische baumelte der Korb mit dem Essen über dem Wasser. Wie in einem Gefängnis kam sich Prinz Franz vor!

Er suchte die Felsnische nach der Federnkrone ab, weil er meinte, mit der Krone auf dem Kopf würde ihm einfallen, wie er sich aus dem Gefängnis befreien könnte. Aber die Krone fand er nicht, die mußte wohl beim wunderschönen Mädchen im Boot sein.

Gerade als sich der Prinz damit abgefunden hatte, erst einmal bis zur Heimkehr des wunderschönen Mädchens warten zu müssen, entdeckte er ein großes Stück Korkrinde, das vor der Felsnische träge auf dem Wasser schaukelte. Ganz sicher, ob ihn die Korkrinde tragen würde, war sich der Prinz nicht, aber er sprang trotzdem!

Prinz Franz platschte mitten auf das Rindenstück, umarmte es und strampelte mit beiden Beinen drauflos, dem Ausgang der Grotte zu. Und die Rinde trug ihn in den Fluß hinaus.

Der Prinz ließ sich auf der Rinde treiben, pinkelte erst einmal und schaute zum Himmel hoch. Nach der Sonne und nach dem großen blauen Vogel schaute er aus. Vom großen Vogel war nichts zu sehen, und die Sonne stand schon ein bißchen im Westen. Also mußte es bereits Nachmittag sein!

Jetzt dauert es nur noch ein paar Stunden, bis sich das blaue Ungeheuer schlafen legt, dachte Prinz Franz. Hoffentlich, dachte er, geht die Flucht durch den Sumpf auch wirklich so leicht, wie ich es mir unter der Federnkrone ausgedacht habe! Hoffentlich lebt der rosa Teddy wirklich noch! Damit das wunderschöne Mädchen zu ihrem Glück kommt! Und hoffentlich finde ich hinterher schnell heim! Damit kein Krieg zwischen meinem lieben Vater und meiner lieben Mutter ausbricht!

Während Prinz Franz so sorgenvoll an die bevorstehende Nacht dachte, achtete er nicht, wohin er trieb, und plötzlich war er ganz nahe beim Holzhaus auf dem Pfosten. Neben dem Holzhaus lag das Boot des wunderschönen Mädchens. Das wunderschöne Mädchen saß darin, hatte den großen blauen Vogel auf dem Schoß, kraulte ihn und fing gerade an, ihre Geschichte zu erzählen.

Prinz Franz war neugierig auf die Geschichte. Vorsichtig ließ er sich auf das Boot zutreiben, zur

Bootsseite, der das wunderschöne Mädchen den Rücken zukehrte. Er hielt sich mit einer Hand außen am Bootsrand fest und lauschte. Und das wunderschöne Mädchen erzählte:

»Es werden einmal zwei wunderschöne Zwillingsbrüder sein. Arme und Beine werden sie haben und dazu noch Flügel. Flügel mit dunkelblauen Federn. Menschenhaare werden sie haben, blond und glänzend wie pures Gold. Und einen prächtigen Vogelschnabel. Vom Hals bis zu den Zehen wird ihr Leib mit dunkelblauen Federchen bedeckt sein. Sie werden laufen und schwimmen und fliegen können, und dieses Land hier wird ihnen gehören. Im Sommer werden sie im Wasserschloß wohnen, im Winter in der Felsgrotte. Sie werden einander sehr, sehr liebhaben und tagaus, tagein nur glücklich sein. Bis zu ihrem dreißigsten Geburtstag werden sie gar nicht wissen, daß es auch Leid und Kummer auf dieser Welt gibt. Doch an ihrem dreißigsten Geburtstag werden viele, viele Menschen aus dem Nachbarland über die Grenze kommen. Ganz gewöhnliche Menschen ohne Schnäbel, ohne Flügel, ohne Federn. Daß ihnen ihr eigenes Land zu klein geworden ist, werden sie sagen. Und daß ab jetzt auch dieses Land ihnen gehört! Und daß sie jeden töten werden, der dagegen aufbegehren will!

Und die Zwillinge werden dagegen machtlos sein,

weil zwei gegen so viele gar nichts ausrichten können.

Die ganz gewöhnlichen Menschen werden Häuser bauen und Straßen und Brücken, Gärten werden sie anlegen, sogar zwei richtige Städte werden entstehen. Eine am rechten Flußufer und eine am linken Flußufer. Und die ganz gewöhnlichen Menschen werden die Zwillinge auslachen! Was sind denn das für komische Wesen, werden sie fragen. Nicht Mensch, nicht Vogel, werden sie sagen. Das muß ein Irrtum der Natur sein, der solche Mißgeburten hervorgebracht hat!

Sie werden Jagd auf die Zwillinge machen. Mit großen Netzen werden sie ausziehen, um sie zu fangen. Den einen werden sie aus dem Fluß fischen, den anderen werden sie von einer Baumkrone herunterholen. Den einen werden sie in die Stadt am rechten Flußufer bringen, den anderen in die Stadt am linken Flußufer. Auf den Hauptplätzen der Städte werden sie hölzerne Käfige errichten. Da hinein werden sie die Zwillinge sperren.

Für unsere Kinder, werden sie sagen. Der Anblick dieser Naturirrtümer ist sehr lehrreich!

Doch gleich in der ersten Nacht, noch vor Mitternacht, werden die Zwillinge die hölzernen Käfigstangen zerpickt haben. Für so starke Schnäbel wie die ihren wird das eine Kleinigkeit sein! In stockfinsterer Nacht werden sie dann herumirren und nach dem geliebten Bruder suchen. Und sie werden sich sagen: So wie ich ausschaue, bin ich am Morgen auf den ersten Blick erkannt und wieder eingesperrt. Und der Käfig wird aus Eisen sein, und Eisenstäbe kann mein Schnabel nicht durchpicken! Und dann werden sie denken: Aber wenn ich mir die Flügel ausreiße und die Federn auch, kann mich niemand mehr so schnell erkennen!

Also werden sie sich ans schmerzhafte Werk machen, und bei Sonnenaufgang werden sie gerupft und nackend sein, und nur noch zwei kleine, blutige Stellen am Rücken werden davon zeugen, daß da einmal Flügel gewesen waren. Und die langen Goldhaare werden sie sich auch kurz beißen. Bloß gegen ihre Schnäbel werden sie nichts tun können. Doch wenn man den Kopf gesenkt und im Schatten hält, lassen sich ein Vogelschnabel und eine große Menschennase kaum auseinanderhalten.

Dann wird der Bruder in der Stadt am rechten Flußufer einen Betrunkenen finden, der vor einer Wirtshaustür schläft. Dem wird er Rock, Hose, Hemd und Schuhe ausziehen und sich das Zeug selbst anziehen.

Der Bruder in der Stadt am linken Flußufer wird nicht soviel Glück haben. Der wird in ein Haus einbrechen müssen, um sich Kleider aus einem Schrank zu holen.

Und dann wird der Morgen da sein, und die Zwillinge werden durch die Straßen der Städte gehen, und niemand wird sie erkennen. Tagelang werden sie verzweifelt einander suchen. Schließlich werden sie die Städte verlassen, um den Bruder anderswo im Land zu finden. Auf der Brücke, die vom rechten Flußufer zum linken führt, werden sie einander treffen. Der Bruder, der aus der Stadt am rechten Flußufer kommt, wird unter der Brücke sitzen und sich ein wenig ausruhen. Und der Bruder, der aus der Stadt am linken Flußufer kommt, wird auf der Brücke stehenbleiben und sich über das Brückengeländer beugen, um ins Wasser zu schauen. Er wird seinen Bruder sehen und sogar guten Tag zu ihm sagen. Aber weil er nicht wissen wird, daß sich auch sein geliebter Bruder die Federn gerupft, die Flügel ausgerissen und die Haare abgebissen hat, wird er ihn nicht erkennen. Und der, der unter der Brücke sitzt, wird ebenfalls nach einem goldhaarigen, prächtig gefiederten Flügelwesen ausschauen und darum der elenden Jammergestalt auf der Brücke bloß guten Tag zumurmeln. Und dann werden sie sich wieder auf die Suche machen, Tag um Tag, Jahr um Jahr. Alt und gebrechlich werden sie werden, und noch hundertmal werden sie einander begegnen, ohne einander zu erkennen.

Und wenn sie nicht irgendwann einmal sterben werden, dann werden sie ewig herumirren und einander suchen. Viele, viele bittere Tränen werden sie

Auf der Brücke, die vom rechten Flußufer zum linken führt, werden sie einander treffen.

um einander weinen, und überall dort, wo eine ihrer Tränen hinfällt, wird im Nu eine winzige dunkelblaue Blume wachsen, eine mit feinen Goldäderchen auf den Blättern. Und die Menschen werden diese Blumen ›Brudertreu‹ nennen, ohne zu wissen, wie recht sie damit haben.«

Während das wunderschöne Mädchen das traurige Ende der schrecklichen Geschichte erzählt hatte, war der große blaue Vogel eingeschlafen und lag nun, den Kopf unter einen Flügel gesteckt, im Schoß des wunderschönen Mädchens. Und das hob ihn nun vorsichtig hoch und legte ihn in das Holzhaus hinein. Um dies zu tun, mußte es aufstehen, und dabei kam das Boot gewaltig ins Schaukeln, und der Prinz wurde aus dem Wasser hochgerissen und gelangte leicht ins Boot hinein.

»Du bist mir vielleicht ein leichtsinniger Prinz«, flüsterte das wunderschöne Mädchen. »Hast du denn gar keine Angst vor dem großen Vogel?«

»Doch«, flüsterte der Prinz. »Aber jetzt schläft er ja!«

»Auch wahr«, sagte das wunderschöne Mädchen leise, setzte sich wieder hin und griff nach den Rudern. Der Prinz merkte, daß es der Felsgrotte zusteuern wollte, und sagte: »Flüchten wir doch jetzt gleich! Je mehr Zeit wir haben, um so besser ist es für uns!«

»Ich muß zuerst noch heim«, sagte das wunderschöne Mädchen. »Ich will meine Mausedecke holen und mein Federkissen. Und dann habe ich noch, unten im Essenskorb, ein Säckchen mit Glitzersteinen. Die sind wohl sehr wertvoll. Zu jedem Geburtstag hat mir der große Vogel einen geschenkt. Und ich habe dreizehnmal im Jahr Geburtstag!«

»Deine Sachen kannst du nicht mitnehmen«, sagte Prinz Franz. »Wir können das Zeug nicht durch den Sumpf schleppen. Durch den Sumpf kommen wir nur mit freien Händen.«

»Aber ich habe meine Sachen doch so lieb«, sagte das wunderschöne Mädchen und verzog den Mund, ganz so, als ob es gleich zu weinen anfangen wollte.

»Deinen rosa Teddy hast du aber sicher noch viel lieber!« sagte der Prinz. »Und ein Kissen und eine Decke bekommt man überall!«

»Glitzersteine auch?« fragte das wunderschöne Mädchen.

»Glitzersteine auch!« sagte der Prinz, obwohl er sich da nicht sicher war. Seine Eltern hatten zwar eine Menge Glitzersteine, aber auf die waren sie selbst versessen. Die verwahrten sie verschlossen in Schatullen und trugen die Schlüssel dazu um den Hals. Jeden Sonntag zählten sie ihre Glitzersteine. Verschenkt hatten sie noch nie einen!

»Na gut, wenn das so ist«, sagte das wunderschöne Mädchen, »dann flüchten wir halt gleich!«

Es tauchte die Ruder ins Wasser und war im Nu beim Schilf am Ufer und ließ das Boot ins Schilf hineingleiten, bis es zwischen den Binsen im Schlamm feststeckte.

»Und wie geht es nun weiter?« fragte das wunderschöne Mädchen dann.

Prinz Franz nahm eines der langen Ruder und legte es, zwischen den Binsen, auf den schlammigen Sumpfboden.

»Wir gehen über das Ruder ans Ufer«, erklärte er. »Das Ruder ist aus Holz, das versinkt nicht im Sumpf und trägt uns!«

»Aber wo das Ruder zu Ende ist, ist noch längst nicht der Sumpf zu Ende«, wandte das wunderschöne Mädchen ein.

»Stimmt«, sagte der Prinz. »Aber wir haben ja noch ein zweites Ruder!«

»Die Ruder sind aber sehr schmal«, wandte das wunderschöne Mädchen ein. »Was ist, wenn ich danebentrete?«

»Dann hältst du dich einfach an den Binsen fest«, sagte der Prinz. »Binsen sind zäh, die geben Halt.«

Der Prinz nahm das Ruder, das noch im Boot war, unter den Arm und das wunderschöne Mädchen an die Hand. Vorsichtig kletterte er vom Boot auf das ausgelegte Ruder, wagte einen Schritt, merkte, daß das Ruder unter seinem Gewicht kaum nachgab, und zog das wunderschöne Mädchen hinter sich her. Schritt für Schritt wagten sie sich voran. Ohne daß sie an den Binsen hätten Halt suchen müssen, gelangten sie an das Ende des Ruders. Dann legte der Prinz das Ruder aus, das er unter dem Arm gehabt hatte, und das wunderschöne Mädchen folgte ihm.

»Jetzt zieh das hintere Ruder ein«, verlangte der Prinz. »Und halt dich dabei an den Binsen fest, sonst verlierst du das Gleichgewicht!«

Das wunderschöne Mädchen packte das hintere Ruder und schob es vorsichtig nach vorne, am Ruder, auf dem sie standen, vorbei. Und Prinz Franz legte es wieder vor ihnen, im Schilf, aus. So verfuhren die beiden, schwitzend und schnaufend, viele, viele Male, bis sie endlich Boden unter den Füßen spürten, auf dem man gehen konnte, ohne einzusinken.

Der Prinz ließ sich auf die Erde fallen, lachte, streichelte das saftige grüne Gras und rief: »Der Krone sei Dank! Es ist geglückt!«

Das wunderschöne Mädchen setzte sich neben den Prinzen ins Gras. »Und wo ist nun mein lieber Teddy?« fragte es.

Der Prinz deutete zum Wald hin. »Dort fangen wir ihn zu suchen an!«

Das wunderschöne Mädchen seufzte. »Ich bin wirklich nicht ans Gehen gewöhnt«, sagte es. »Ich bin schließlich in einem Boot großgeworden. Die Haut auf meinen Fußsohlen ist hauchdünn!«

Das wunderschöne Mädchen hielt dem Prinzen die bloßen Füße unter die Nase. »Es sind ja jetzt schon lauter Blasen dran, vom über die Ruder Laufen!«

Richtige Blasen sah Prinz Franz auf den Fußsohlen zwar keine, aber daß die Füße sehr zart waren und das Laufen über Wurzeln und Steine, über Dornen und Brennesseln nicht aushalten würden, sah er ein.

»Ich borge dir meine Schuhe«, schlug er vor.

»Ich habe noch nie im Leben Schuhe an den Füßen gehabt«, sagte das wunderschöne Mädchen. »An solche Dinger muß man gewöhnt sein, sonst fällt man beim ersten Schritt gleich hin!«

»Dann muß ich dich wohl tragen!« sagte Prinz Franz und seufzte auch.

Der Vorschlag gefiel dem wunderschönen Mädchen! Also stand der Prinz auf und wollte das wunderschöne Mädchen auf seine Schultern nehmen. »Du mußt dich auf meine Schultern setzen«, sagte er. Er ging in die Hocke, und das wunderschöne Mädchen kletterte auf seine Schultern. Der Prinz richtete sich wieder auf und versuchte mit seiner Schulterlast den Wald zu erreichen. Doch das wunderschöne Mädchen war ja viel größer als der Prinz, und es schwankte auf seinen Schultern gar fürchterlich herum und brachte ihn aus dem Gleichgewicht. Als er dann noch über eine Wurzel stolperte, verlor er das Gleichgewicht völlig und fiel hin. Das wunderschöne Mädchen landete dabei in einer stacheligen Brombeerstaude und zerkratzte sich Arme und Beine. Das wunderschöne Mädchen fing zu weinen an und schluchzte drauflos.

Prinz Franz redete dem wunderschönen Mädchen gut zu. Er streichelte es. Er blies Heile-heile-Segen auf die Schrammen und Kratzer und küßte dem wunderschönen Mädchen die Tränen aus den Augen. Als die Sonne schon am Untergehen war, hatte er das wunderschöne Mädchen endlich getröstet. Aber wieder auf seine Schultern steigen, dazu war es nicht bereit! Und selbst laufen wollte es schon gar nicht! Nicht von der Stelle zu bringen war es!

Da wußte sich Prinz Franz nur noch einen Rat. Er holte sein Messer aus der Hosentasche und schnitt von einer Trauerweide viele lange Hängeäste. Aus denen flocht er eine Matte, so lang und so breit, daß das wunderschöne Mädchen bequem darauf liegen konnte.

»Komm, leg dich da drauf«, sagte der Prinz zum wunderschönen Mädchen. »Ich werde dich hinter mir herziehen!«

Das wunderschöne Mädchen legte sich auf die

Matte, verlangte vom Prinzen noch ein paar weiche Grasbüschel, um sie statt eines Kissens unter den Kopf zu legen, und ließ sich ziehen.

Prinz Franz hatte sich noch nie in seinem Leben mit so einer schweren Last abgeplagt. Der Schweiß lief ihm über die Stirn, sein Gesicht war vor Anstrengung tomatenrot, sein Atem keuchte und rasselte, seine Knie zitterten, ein paarmal meinte er, keinen Schritt weiterzukönnen. Doch er gab nicht auf. Es wurde dämmrig, es wurde Nacht, der Prinz stolperte mit seiner Last im Mondenschein noch immer dem Wald zu. Das wunderschöne Mädchen war längst eingeschlafen.

Als der Morgen dämmerte, hatte der Prinz den Wald endlich erreicht. Mit allerletzter Kraft zog er die Matte unter einen Baum und plumpste erschöpft neben dem wunderschönen Mädchen ins Moos. Das wurde davon munter, gähnte, rieb sich die Augen und fragte: »Sind wir endlich bei meinem lieben rosa Teddy?«

»Ich schlaf nur rasch ein Stündlein, dann suchen wir deinen Teddy«, murmelte der Prinz.

»Nein, such ihn gleich!« rief das wunderschöne Mädchen. »Ich habe solche Sehnsucht nach ihm!«

Da rappelte sich der Prinz seufzend und gähnend wieder hoch. Doch er war so schwach, daß er herumtaumelte wie eine Fliege, die gerade aus dem Winterschlaf erwacht.

»Was hast du denn?« fragte das wunderschöne Mädchen.

»Müd bin ich«, sagte der Prinz. »Schließlich habe ich dich die ganze Nacht lang herumgeschleppt!«

»Jetzt tu nicht so!« rief das wunderschöne Mädchen lachend. »So schwer bin ich doch auch wieder nicht! Der große Vogel hat mich oft in seinem Schnabel herumgeflogen, und der war hinterher genauso munter wie vorher!«

Das wunderschöne Mädchen richtete sich auf der Matte auf, legte die Hände wie einen Trichter vor den Mund und rief in den Wald hinein: »Teddy, lieber rosa Teddy, lebst du wirklich noch? Bist du hier irgendwo? Dein wunderschönes Mädchen sucht dich!«

Ein paar Bäume weiter, im Laub auf dem Waldboden, raschelte es, und ein rosaroter Teddybär tauchte aus dem Laub auf und putzte sich welke Blätter vom Fell. Dann sagte er mit zart brummender Stimme: »Ach, du mein liebes, wunderschönes Mädchen, endlich bist du gekommen! Ich hatte schon alle Hoffnung aufgegeben!«

Der rosa Teddy zeigte auf einen Baumstamm, in den viele Kerben geritzt waren. »Jedesmal, wenn die Bäume das Laub verloren haben, habe ich eine Kerbe ins Holz geritzt! Viele Jahre warte ich schon auf dich!«

Prinz Franz versuchte die Kerben im Baumstamm

zu zählen. Aber es waren zu viele, und der Prinz war zum Zählen auch viel zu müde! Als er bei »dreiunddreißig« angekommen war, fielen ihm die Augen zu. Er dachte noch: Während die beiden ihr glückliches Wiedersehen feiern, kann ich wohl ausruhen. Zwei, die einander lieben, brauchen ohnehin keinen Dritten!

Dann schlief der Prinz ein.

Von schrecklich lautem Schluchzen wurde Prinz Franz munter. Erschrocken fuhr er hoch. Neben ihm hockte der rosa Teddy und wurde von einem Weinkrampf richtig gebeutelt. Und das wunderschöne Mädchen war weg!

»Was ist denn passiert?« fragte der Prinz.

»Bin so unglücklich!« schluchzte der Teddy. Er zeigte mit einer Tatze nach oben, zu dem kleinen Stück Himmelsblau, das zwischen den Baumkronen zu sehen war. Dort, hoch oben, aber noch immer gut zu erkennen, flog der große blaue Vogel. Um ihn herum war ein goldener Strahlenkranz. Das mußten wohl die Haare des wunderschönen Mädchens sein, die im Wind flatterten.

»O Gott, o Gott«, rief Prinz Franz. »Wieso konnte uns das Ungeheuer entdecken? Wir waren doch unter den Baumkronen!«

»Er hat uns auch gar nicht entdeckt«, schluchzte der Teddy. »Sie hat ihn gerufen! Auf den höchsten

Baum ist sie hinaufgeklettert und hat nach dem großen Vogel gerufen! Ganz laut hat sie gerufen, und gleich ist er angeflattert!«

Der Teddy wischte sich mit der Tatze Rotz von der Schnauze und fuhr dann fort: »Und dann hat sie ihm erzählt, daß in der Nacht ein Sturm losgebrochen sei, und der habe sie aus ihrem Boot gefegt und auf diesen Baum geweht!«

»Aber warum hat das wunderschöne Mädchen denn das getan?« fragte der Prinz ratlos.

Der Teddy wischte sich Tränen aus den Augen und hörte zu schluchzen auf. »Weil meine Wohnung nur eine Erdhöhle ist«, brummte er. »Und ich habe keine Federn, aus denen man ein Kissen machen kann. Und Mäuse – für eine Mausfelldecke – kann ich auch nicht jagen. Und woher ich Glitzersteine für ihre dreizehn Geburtstage im Jahr nehmen soll, weiß ich auch nicht!«

»Aber sie hat dich doch geliebt«, sagte der Prinz. Er war noch immer ratlos.

Der Teddy zuckte mit den Schultern und brummte: »Bevor sie auf den Baum geklettert ist, hat sie zu mir gesagt, daß das Beste, was man hier kriegen kann, leider halt doch der große Vogel ist. Ich soll ihr deshalb nicht böse sein. Und dich soll ich schön grüßen!« Dann fing der Teddy wieder zu weinen an und konnte vor lauter Schluchzen kein Wort mehr sagen.

Dann fing der Teddy wieder zu weinen an und konnte vor lauter Schluchzen kein Wort mehr sagen.

»Komm mit mir, Teddy«, sagte Prinz Franz. »Bei mir zu Hause gibt es auch wunderschöne Mädchen. Eines davon wird dich sicher liebhaben.«

Doch der Teddy schüttelte den Kopf und schluchzte weiter.

»Willst du denn dein ganzes Leben hier allein im Wald bleiben?« fragte Prinz Franz.

Der Teddy nickte. »Ich habe mein Unglück«, brummte er. »Das genügt mir!« Er sprang vom Prinzen weg ins Laub und war bald verschwunden.

Prinz Franz sprang auf, lief dorthin, wo er den Teddy zuletzt gesehen hatte, und durchwühlte das Laub mit beiden Händen. »Teddy, lieber Teddy«, rief er. »Geh nicht weg! Laß mich nicht allein! Zu zweit schlagen wir uns besser durch!«

Da huschte hinter einem Baumstamm ein Mann hervor. Ein dünner, langer Mann in einem schwarzen Mantel, mit einem schwarzen Hut auf dem Kopf und schwarzer Brille vor den Augen. »Mit mir zusammen bist du auch zu zweit«, rief er und packte den Prinzen am Kragen.

Prinz Franz versuchte sich loszureißen, doch der lange, dünne Mann war viel stärker als er und lokkerte den Griff kein bißchen. Er sagte bloß: »Gib endlich Ruhe, kleiner Prinz!«

»Woher wissen Sie denn, wer ich bin?« rief Prinz Franz.

»Dich kennt doch schon jeder«, sagte der lange,

dünne Mann. »Was glaubst du, was deine Eltern für ein Geschrei gemacht haben, weil du ihnen davongeschwommen bist? Quer durch alle Länder haben sie Bilder von dir an die Hauswände anschlagen lassen. Bilder, unter denen geschrieben steht, daß dich der ehrliche Finder so schnell wie möglich zurückbringen soll!«

»Das ist schön, daß Sie mich heimbringen«, sagte Prinz Franz. »Aber ich mag es trotzdem nicht, wenn man mich am Kragen hält. Lassen Sie mich bitte los!«

»Ja, ja«, sagte der lange, dünne Mann. »Prinzen sind da wohl recht heikel!« Er nahm die Hand vom Kragen des Prinzen, packte sich den Prinzen unter den Arm und lief mit ihm durch den Wald. »Ist es so bequemer?« fragte er.

»Nein«, schrie der Prinz. »Ich will selber gehen!« Er zappelte mit den Beinen und schlug mit den Armen um sich.

»Selbergehen dauert zu lange«, sagte der lange, dünne Mann und rannte drauflos.

»Wann werden wir denn bei meinen lieben Eltern sein?« fragte der Prinz.

Der lange, dünne Mann gab ihm keine Antwort. Er rannte, als wären tausend Teufel hinter ihm her, durch den Wald und über abgemähte Felder. Über einen Bach sprang er und hastete durch ein Himbeerfeld.

»Geben Sie auf einen großen blauen Vogel acht«, rief der Prinz. »Der will jeden umbringen!«

»Klugscheißer, kleiner«, sagte der lange, dünne Mann. »Warum, glaubst du wohl, daß ich so renne? Zum Spaß vielleicht? Da wüßte ich mir etwas Besseres!« Der lange, dünne Mann deutete nach vorne. »Aber da taucht schon die Stadt auf, gleich sind wir in Sicherheit!«

»Wird auch langsam Zeit«, ächzte der Prinz. »Ich fühle mich nämlich unter Ihrem Arm sehr beengt!«

»Ja, ja, kleine Prinzen sind wohl einen etwas komfortableren Transport gewohnt«, sagte der lange, dünne Mann. Und dann lachte er, und das klang gar nicht freundlich.

Prinz Franz dachte: Mir scheint, der Kerl mag mich nicht leiden! Aber wenn er mich heimbringt, soll er so unfreundlich sein, wie immer er mag!

Als die ersten Häuser der Stadt schon recht gut zu sehen waren, fing es zu regnen an, und als sie die ersten Häuser am Stadtrand erreicht hatten, schüttete es richtig.

»Kommt mir gerade recht, der Regen«, murmelte der lange, dünne Mann. »Wenn es regnet, geht niemand auf die Straße!«

»Ich mag Regen, wenn er so warm ist wie dieser«, sagte der Prinz. »Ich versteh nicht, warum die Leute nicht naß werden wollen, Regen ist doch lustig!«

»Halt endlich den Mund«, fauchte der lange, dünne Mann. »Dein Gequatsche geht mir auf die Nerven!«

Da sagte Prinz Franz nichts mehr und war beleidigt. Den Mund zu halten hatte ihn, in seinem jungen Prinzenleben noch nie jemand geheißen!

Der lange, dünne Mann lief zu einem großen Baum am Straßenrand. Er stellte den Prinzen unter dem Baum ab und holte eine dicke Pudelmütze aus der Manteltasche. »Setz die Mütze da auf!« verlangte er vom Prinzen.

Prinz Franz wollte die Mütze nicht aufsetzen. Es war ja nicht kalt! Und daß ihm der Regen auf die Locken prasselte, störte ihn überhaupt nicht! Er schüttelte den Kopf. Einem, der ihm Mundhalten befohlen hatte, wollte er kein Sterbenswort mehr sagen! Doch der lange, dünne Mann scherte sich um das Kopfschütteln nicht und drückte dem Prinzen die Mütze auf den Kopf, zog sie ihm über Augen und Nase und Mund, bis zum Kinn hinunter.

Prinz Franz wollte sich die Mütze vom Kopf reißen, doch da hatte ihn der lange, dünne Mann schon wieder gepackt und unter den Arm genommen und rannte weiter. Wie in einem Schraubstock war der arme Prinz eingeklemmt. Nur mit den Beinen konnte er ein wenig ausschlagen, trat aber bloß in die Luft und traf den langen, dünnen Mann kein bißchen. Also beschloß der Prinz, doch wieder mit dem langen, dünnen Mann zu reden. »Ich seh doch nichts!« brüllte er.

»Genauso soll es ja auch sein!« sagte der lange, dünne Mann.

»Warum soll es so sein?« brüllte der Prinz.

»Damit du kleiner Klugscheißer hinterher nicht erzählen kannst, wo du gewesen bist«, sagte der lange, dünne Mann und lachte wieder böse.

»Und warum soll ich das nicht erzählen können?« kreischte der Prinz.

Doch der lange, dünne Mann gab ihm keine Antwort mehr. Gleich darauf lief er auch nicht mehr. Er war stehengeblieben.

Prinz Franz hörte eine Türglocke bimmeln, Polterschritte näher kommen und eine Tür quietschen. Er dachte: Jetzt sind wir bei einem Haus, der Kerl hat am Tor geläutet, und jemand hat das Tor aufgemacht.

So mußte es auch wirklich gewesen sein, denn eine brummige Stimme sagte: »Gut gemacht, Bruder! Wo war er denn?«

»War ein Kinderspiel, ihn zu finden«, sagte der lange, dünne Mann. »Im Reich des großen blauen Vogels habe ich ihn mir geschnappt! Im Wald an der Grenze!«

»Hat dich jemand gesehen?« fragte die Brummstimme. Und der lange, dünne Mann antwortete: »Ich bin überhaupt nur einem Menschen begegnet, und der hatte einen Regenschirm aufgespannt und darunter gar nicht hervorgeschaut!«

»Das ist gut«, sagte die Brummstimme. »Am besten wird's sein, wir lagern ihn im Keller ein!«

»Das richtige Quartier für einen kleinen Prinzen«, sagte der lange, dünne Mann und lachte böse, tat ein paar Schritte, und Prinz Franz hörte wieder eine Tür quietschen. Und dann ging es, das spürte er genau, eine Treppe hinunter. Eine steile Treppe!

»Nein!« brüllte der Prinz. »Ich will nicht in den Keller! Ich hasse Keller über alles!«

»Unser kleiner Prinz wird sich noch die Hosen vollscheißen«, sagte der lange, dünne Mann.

»Kann uns gleich sein«, sagte die Brummstimme. »Durch die Kellertür, bis zu uns rauf, riecht man das nicht!«

Der lange, dünne Mann ließ den Prinzen fallen. Prinz Franz plumpste auf den Boden und riß sich die Pudelmütze vom Kopf. Viel heller wurde es da aber auch nicht. Bloß durch ein winziges Fensterchen, ganz oben an einer Wand, drang ein bißchen Licht in den Keller.

Im trüben Schein dieses Lichts sah der Prinz den langen, dünnen Mann und dahinter einen kleinen, dicken Mann die Kellertreppe hinauflaufen. Er sprang auf und wollte hinter den beiden her, aber er war noch nicht einmal auf der ersten Treppenstufe, da fiel oben die Kellertür ins Schloß.

»Den Riegel vor«, hörte Prinz Franz die Brummstimme vom kleinen, dicken Mann, dann hörte er ein dumpfes Geräusch und hinterher Schritte, die leiser und immer leiser wurden. Eine Tür schlug zu. Ganz still war es.

Prinz Franz setzte sich auf die unterste Treppenstufe. Langsam gewöhnten sich seine Augen an das Dämmerlicht. Er sah, daß die Kellerwände aus großen grauen Steinen zusammengefügt waren, daß der Kellerboden mit kleinen schwarzen Steinen gepflastert war. Und vor dem kleinen Kellerfenster war ein Gitter aus Maschendraht. Und dann sah er, über sich auf halber Treppe, ein Tier stehen. Das sah ein bißchen wie ein Hamster aus und ein bißchen wie ein Biber und ein bißchen wie eine Wühlmaus. Aber es konnte weder das eine noch das andere oder das dritte sein, denn es war fast so groß wie der Prinz!

Prinz Franz erschrak so sehr, daß er stocksteif war und sich nicht rühren konnte.

»Hab keine Angst vor mir«, sprach das Tier. »Ich will dir nichts Böses tun.«

»Wer bist du?« fragte der Prinz. Seine Stimme zitterte gewaltig.

»Ich bin das Haustier hier«, antwortete das Tier. »Ich bin hier eingezogen, als man das Haus gebaut hat, und das ist schon ewig her. Die Mieter kommen und gehen, aber ich bleibe!« Das Haustier kicherte.

»Sie wissen nicht einmal, daß es mich überhaupt gibt!«

»Wie bist du denn durch die verriegelte Kellertür gekommen?« fragte der Prinz. Nun zitterte seine Stimme nur noch ein wenig.

»Auf Menschentüren bin ich nicht angewiesen«, sagte das Haustier. »Ich mache mir meine eigenen Gänge!« Es zeigte mit einer Pfote zur Wand an der Treppe. Dort war, zwischen den Mauersteinen, ein schmaler Spalt. »Diesen Gang habe ich mir gegraben, als ich noch jung und schlank war«, kicherte das Haustier. »Jetzt, wo ich in die Jahre gekommen und fett geworden bin, ist er etwas eng für mich. Sollte ich noch fetter werden, müßte ich ihn verbreitern.«

Das Haustier kam die Treppe herunter und setzte sich neben den Prinzen auf die unterste Treppenstufe.

»Du bist ja ganz naß«, sagte es, »du wirst einen Schnupfen bekommen. Hier ist es kalt!«

»Ach, ein Schnupfen wär' mein allerkleinster Kummer«, sagte der Prinz, und seine Stimme zitterte nun gar nicht mehr. »Wenn ich bloß wüßte, was die beiden Kerle mit mir vorhaben!«

»Das könnte ich dir erzählen.« Das Haustier legte eine Pfote auf die Schulter von Prinz Franz. »Mir entgeht nämlich kein Sterbenswort von dem, was hier im Haus geredet wird.«

Und dann sah er, über sich auf halber Treppe, ein Tier stehen.

»Dann erzähl es mir, bitte«, verlangte der Prinz.

»Es ist aber gar keine schöne Geschichte«, seufzte das Haustier.

»Immer noch besser, man weiß, was einem bevorsteht«, sagte der Prinz.

Und so erzählte das Haustier: »Der lange, dünne und der kleine, dicke Mann sind Brüder. Der lange, dünne heißt Hans, der kleine, dicke heißt Karl. Sie sind Gauner und haben ihr Geld noch nie ehrlich verdient. Sie drehen lauter krumme Dinger, aber bis jetzt waren es nur kleine krumme Dinger, weil die beiden ja ziemlich dumm sind. Doch gestern sind sie heimgekommen und haben gesagt, daß sie nun bald reich sein werden. Daß sie mit dem Prinzen Franz zwei Kisten voll Goldstücke verdienen können! Wenn sie es schlau anfangen! Eine Kiste voll Gold vom König und eine Kiste voll Gold von der Königin.«

»Als Belohnung dafür, daß sie mich heimbringen?« fragte der Prinz.

»Leider nein«, sagte das Haustier. »Deine Eltern haben zwar eine Belohnung für den ausgesetzt, der dich findet und heimbringt, doch sowohl der König als auch die Königin haben als Belohnung nur einen Beutel voller Goldstücke versprochen. Und das ist den beiden Gaunern viel zu wenig! Sie wollen den ganzen Königsschatz deiner Eltern. Weil du doch das ganze Glück deiner Eltern bist, würden die wohl ihren ganzen Reichtum wirklich für dich hergeben, wenn es sein müßte!«

Prinz Franz nickte.

Das Haustier erzählte weiter: »Der Hans wird mit deinem Vater verhandeln, der Karl wird mit deiner Mutter verhandeln. Dein Vater wird natürlich nicht ahnen, daß auch mit deiner Mutter verhandelt wird, und deine Mutter wird natürlich nicht ahnen, daß auch mit deinem Vater verhandelt wird. Weil doch die beiden total zerstritten sind und kein Wort miteinander reden. Sie geben einander die Schuld daran, daß du den Fluß hinuntergeschwommen bist! So werden sie beide zahlen und meinen, dich dafür zu bekommen!«

»Und ich soll hier im Keller bleiben, bis die zwei Kerle alles Gold meiner Eltern haben?« fragte der Prinz entsetzt.

Das Haustier nickte den Prinzen bekümmert an, streichelte ihm über die Wange, seufzte und sprach: »Ich fürchte, auch dann werden sie dich nicht freilassen. Wo sollten sie dich denn abliefern? Bei deinem Vater? Oder bei deiner Mutter? Außerdem hast du die beiden Gauner gesehen und könntest sie wiedererkennen. Das wäre zu gefährlich für sie. Zuerst war der Hans dafür, daß man dich laufenläßt, wenn das Geld da ist. Aber der Karl will nicht. Als er die Kellertür verriegelt hat, hat er gesagt, daß man kein Risiko eingehen darf. Und es geschieht immer, was der Karl will!«

»Sie wollen mich totmachen?« Prinz Franz bekam eine Gänsehaut, von der Stirn über den Schädel und den Rücken bis zu den Fersen hinunter.

»Das wollen sie«, sagte das Haustier. »Aber das werde ich verhindern!« Das Haustier erhob sich. »Wir haben genug Zeit«, sagte es. »Die Gauner sitzen oben und schreiben Briefe. Einen an deine Mutter, einen an deinen Vater. Sie tun sich arg schwer beim Schreiben. Für einen Satz brauchen sie gut eine Stunde. Also werden sie in der nächsten Zeit sicher nicht nach dir schauen!«

Das Haustier zog den Prinzen hoch und zum Spalt in der Mauer hin. »Laß mir den Vortritt«, sagte es. »Du wirst dich sonst verirren.«

Der Prinz zwängte sich hinter dem Haustier in den Mauerspalt. Der Haustiergang war nicht nur sehr eng, er war auch sehr niedrig. Bald mußte der Prinz auf allen vieren kriechen. Einmal ging es bergauf, einmal ging es bergab. Alles in allem ging es aber eher bergauf.

Das Haustier kroch vor dem Prinzen her und schnaufte: »Wir müssen zum Dach hoch. Sonst klettere ich ja in meinen Gängen bis zum Dach, aber du hast leider keine Klammerkrallen, also steigen wir im Parterre auf die Menschentreppe um, und da heißt es dann mucksmäuschenstill sein, verstanden?«

»Verstanden!« sagte der Prinz und kroch, dicht hinter dem Haustier, weiter.

»Gleich haben wir es«, sagte das Haustier dann, »ich sehe schon ein bißchen Licht.«

»Ich nicht«, sagte der Prinz. »Bei mir ist es noch stockfinster!«

»Weil mein Hintern den ganzen Gang verstopft«, kicherte das Haustier. »Jetzt geht es steil aufwärts! Halte dich an meinem Schwanz fest, ich ziehe dich hoch.«

Prinz Franz klammerte sich an den Schwanz des Haustiers. Kerzengerade hoch ging es, ganz eng wurde es, so eng, daß der Prinz meinte, gleich werde er ersticken. Dann gab es einen Ruck, und plötzlich war der Prinz aus dem Mauergang herausgeflutscht.

Prinz Franz saß in einem Flur auf einem Bretterboden, und das Haustier hockte neben ihm und wisperte: »Laß endlich meinen Schwanz los!«

Prinz Franz ließ den Haustierschwanz los und schaute sich um. Da war eine Tür im Flur. Die war einen Spalt offen. Prinz Franz konnte den Hans und den Karl sehen. Die beiden saßen an einem Tisch und hatten Schreibfedern in den Händen.

»Wie weit bist du denn?« fragte der Karl.

Und der Hans las vor, was er geschrieben hatte:

»Liebe Frau Königin, wir haben Ihren Prinzen entführt …«

Der Karl sagte: »Jetzt mußt du noch schreiben, daß wir ihn gegen ihren Goldschatz eintauschen wollen und daß sie dem König und auch sonst keiner Menschenseele etwas davon sagen darf, und dann, wo sie den Goldschatz hinbringen soll und wann sie das tun soll! Und daß wir den Prinzen umbringen, wenn etwas schiefgeht! Und daß wir ihr dann Nachricht geben, wo sie den Prinzen abholen kann!«

»Ich habe gedacht, wir geben den Prinzen gar nicht zurück«, sagte der Hans.

»Aber das darf sie doch nicht wissen«, sagte der Karl.

»Ach ja, eh klar«, sagte der Hans. Und der Karl sagte: »Also, schreib schon weiter!«

»Jetzt dräng nicht so«, sagte der Hans. »Du hast ja überhaupt erst einen Buchstaben geschrieben!«

Das Haustier zog den Prinzen zur Treppe hin. »Vorsicht!« flüsterte es. »Die dritte und die fünfte Stufe knarren.«

Über die dritte Stufe kam der Prinz ganz leise, doch die fünfte Stufe knarrte schon laut, als er bloß vorsichtig einen Fuß auf sie setzte.

»He! Hast du gehört? Da war ein Geräusch!« rief der Hans.

»Ach was, in dem verdammten Haus kracht und knarrt dauernd irgendwas!« sagte der Karl.

»Ich will doch lieber nachschauen«, sagte der Hans.

»Komm schnell«, wisperte das Haustier und wieselte die Treppe hoch. Prinz Franz stolperte hinterher. Als sie oben im ersten Stock waren, hörten sie den Karl sagen: »Bleib hier, Hans! Da ist nichts. Du willst dich ja bloß vor dem Briefschreiben drücken.« Und der Hans sagte: »Gar nicht wahr! Immer bist du so gemein zu mir.«

Das Haustier wisperte dem Prinzen zu: »Ich hab dir ja gesagt, daß die beiden Gauner sehr dumm sind.«

Bis zum Dachboden hinauf führte das Haustier den Prinzen. Dort, im hintersten Winkel, zwischen allerhand abgestelltem Trödelkram, versteckte es ihn.

»Hier wirst du wohl oder übel bis zum Abend bleiben müssen«, sagte das Haustier.

»Das wäre mein allerkleinster Kummer«, sagte der Prinz und seufzte. »Wenn ich bloß wüßte, wie ich dann von hier weg kann.«

»Ach, da mach dir keine Sorgen«, sagte das Haustier. »Da gibt es mehrere Möglichkeiten. Die einfachste ist wohl das Flatterflugkissen.«

Das Haustier schob ein paar verstaubte Schachteln von einer uralten Truhe und öffnete den Truhendeckel. »Ist doch gut«, murmelte es, »wenn man alles aufbewahrt und nie etwas wegwirft.«

Das Haustier kramte lange in der Truhe herum und zog schließlich ein Federkissen heraus. Ziemlich schäbig und recht verdreckt war das Kissen. Das Haustier klopfte auf das Kissen. Viel Staub wirbelte hoch.

»Dieses Flatterflugkissen«, erklärte das Haustier, »hat dem Mann gehört, der dieses Haus gebaut hat. Der wiederum hat es von seinem Onkel geerbt. Der hat es für ein ganz gewöhnliches Kopfkissen gehalten und in sein Bett gelegt. Ein halbes Jahrhundert hat er darauf geschlafen und hat nicht bemerkt, daß er auf einem echten Flatterflugkissen schläft!« Das Haustier kicherte. »Er hat immer gemeint, daß er bloß im Traum in der Welt herumfliegt. Dabei ist er jede Nacht wirklich geflogen! Am Abend zum Fenster raus, am Morgen wieder zum Fenster rein! Nur einmal, da hat in der Nacht der Wind das Fenster zugeschlagen. Da ist er dann am Morgen vor der Haustür erwacht. Sein Leben lang hat er sich nicht erklären können, wie er dorthin gekommen ist. Die Nachbarn haben ihn für einen Schlafwandler gehalten!«

Mißtrauisch betrachtete Prinz Franz das schäbige Kissen. »Wie soll denn das gehen?« fragte er ungläubig.

»Ganz einfach geht das!« Das Haustier legte das Flatterflugkissen auf den Boden und setzte sich drauf. Es gähnte, hielt sich eine Pfote vors Maul und sagte: »Gute Nacht!« Und das Kissen flatterte hoch! Im Nu war das Haustier mit dem Kissen oben im Dachgebälk und schwebte zwischen den Dachsparren und den Spinnweben herum. Dann gähnte das Haustier wieder, hielt sich die Pfote vors Maul und sagte: »Guten Morgen!« Und genauso schnell, wie es aufgestiegen war, sank das Flatterflugkissen wieder zu Boden.

»Kapiert?« fragte das Haustier.

»Kapiert!« antwortete der Prinz.

»Aber du kannst erst losflattern, wenn es dunkel draußen ist«, sagte das Haustier. »Sonst könnten dich die zwei Gauner sehen und vom Himmel herunterschießen.«

Das Haustier versorgte den Prinzen noch mit einem Apfel und einem Nachttopf. Dann versprach es, jede Stunde einmal vorbeizuschauen und Bericht zu erstatten, und verschwand in einem Loch in der Kaminmauer.

Prinz Franz setzte sich auf das Flatterflugkissen und aß eine Hälfte des Apfels. Sein Hunger hätte für zehn Äpfel gereicht, doch er dachte: Vielleicht muß ich lange durch Nacht und Luft flattern, da wird mir die andere Apfelhälfte noch guttun!

Nach einiger Zeit hörte der Prinz Gepolter im Haus, Geschrei und Türenschlagen. Und Fluchen. Er dachte: Jetzt haben sie den leeren Keller entdeckt und werden überall nach mir suchen!

Sein Herz begann laut zu klopfen, und er bekam wieder eine Gänsehaut, von der Stirn über den Schädel und den Rücken, bis zu den Fersen hinunter.

Doch da war auch schon das Haustier neben ihm, legte eine Pfote auf seine Schulter und sagte: »Nur keine Angst! Ich habe vorgesorgt.«

»Wie denn?« fragte der Prinz. Seine Stimme zitterte.

Das Haustier kicherte. »Zuerst sind sie in den Keller hinunter. Dann sind sie wieder rauf! Und wieder runter! Dauernd sind sie hin und her und her und hin und haben gebrüllt, daß es das doch nicht geben kann und daß du dich irgendwo verkrochen haben mußt! Und wie sie gerade wieder im Keller unten waren, habe ich die Tür zugeschlagen und den Riegel vorgeschoben. Jetzt sitzen sie fest! So fest, wie es nur immer geht!«

»Und wenn sie den Mauergang entdecken?« fragte der Prinz. Ganz beruhigt war er immer noch nicht.

»Erstens sind sie zu dumm, um den zu finden«, sprach das Haustier. »Und zweitens ist der Hans zu lang und der Karl zu dick, um da durchzukommen.«

Nun war der Prinz beruhigt, und er sagte: »Du liebes Haustier, dann könnte ich ja jetzt gleich weggehen, und zwar einfach durchs Haustor. Denn, weißt du, durch die Luft flattern, auf diesem alten Kissen, das ist mir eigentlich nicht recht geheuer!«

Das Haustier schüttelte den Kopf. »Das geht nicht«, sagte es. »Die Haustür ist zugesperrt. Der Karl hat den Hausschlüssel in der Rocktasche.«

»Dann steige ich halt durch ein Fenster im Parterre raus«, sagte der Prinz.

Das Haustier schüttelte wieder den Kopf. »Das würde ich dir auch nicht anraten! In dieser Stadt hier, da wohnen nämlich nur Gauner. Da ist keiner besser als die beiden! Würde dich wer erkennen, stünde dir auch kein anderes Los bevor. Und dann könnte ich dir nicht mehr helfen!«

Prinz Franz sah ein, daß er auf den Rat des Haustiers hören mußte; es wußte hier besser Bescheid als er. Und weil er ohnehin matt und müde war und mitten im Trödelkram ein Bett stand, eines mit Kissen und Bettdecke, sagte er: »Ich werde mich ein bißchen auf dem Bett ausruhen.«

»Nur nicht!« Das Haustier hielt den Prinzen zurück und zischte: »Hände weg vom Bett! Ich habe dich nicht aus dem Keller gerettet, damit du mir im Traumloch verkommst!«

Das Haustier zog einen Teppich aus dem Gerümpel, breitete ihn aus und sagte: »Da liegt es sich auch gut. Und ich wärme dich besser als jede Bettdecke!«

Prinz Franz legte sich auf den Teppich, und das Haustier legte sich über ihn.

»Was ist denn ein Traumloch?« fragte der Prinz, und das Haustier antwortete: »Genau weiß das niemand, der nicht drinnen war, und wer einmal drin ist, den kann keiner mehr fragen. Ich kenne bloß die Geschichte der Agathe.«

»Und wie geht die?« fragte der Prinz, und das Haustier erzählte:

»Hier im Haus lebte einmal ein Gaunerehepaar, das hatte sich alles, was man für ein Leben in Saus und Braus so braucht, ergaunert. Nur eines, was alle Gauner ringsum hatten, fehlte ihm. Ein Kind! Und die Frau wollte unbedingt eines haben. Ohne Kind, jammerte sie dem Mann jeden Tag vor, könne sie nicht glücklich sein.

So beschloß der Mann, ein Kind zu ergaunern. Eines Morgens machte er sich auf den Weg in die Nachbarstadt, und als er am Abend heimkam, schob er einen Kinderwagen vor sich her. Darin lag ein wunderschönes kleines Mädchen, das hatte blitzblaue Augen und goldblonde Ringellocken.

›So ein schönes Kind‹, rief die Frau glückselig, ›hätten wir uns selber gar nicht machen können!‹ Sie nahm das Mädchen aus dem Kinderwagen und drückte es ans Herz und küßte seine Goldlocken.

Agathe nannten der Mann und die Frau das

Mädchen, weil auf das Kissen im Kinderwagen ein *A* gestickt war und ihnen von allen Namen, die mit A anfangen, Agathe am besten gefiel.

Doch mit der Agathe war der Kummer erst recht in dieses Haus eingekehrt. Sie wuchs zu einem wunderschönen Mädchen heran, aber sie hatte keine Freude am Leben. Sie wollte nur im Bett liegen und schlafen. Hätten der Mann und die Frau sie nicht jeden Tag aus dem Bett gehoben und auf die Beine gestellt, wäre sie nie aufgestanden. Und ließ man sie nur einen Augenblick aus den Augen, lag sie schon wieder im Bett. Und alles, was sie sprach, war: ›So laßt mich doch schlafen und träumen!‹

Wenn der Mann und die Frau ins Zimmer kamen, sahen sie von der Agathe nicht mehr als ein paar goldene Haarsträhnen, die unter der Bettdecke hervorblitzten; denn die Agathe zog sich beim Schlafen und Träumen immer die Decke über die Ohren.

Der Mann und die Frau versuchten alles nur Erdenkliche, um die Agathe munter zu bekommen. Sie brachten ihr wunderschöne Kleider und auch eine Geige ans Bett. Und Spielzeug! Und Bücher und Malfarben! Aber die Agathe wollte nichts wissen von Kleidern und Musik. Spielen oder lesen oder malen mochte sie auch nicht. Nur einmal, als ihr der Mann einen kleinen silbernen Käfig mit einem winzigen blauen Vogel darin brachte, schien sie sich zu freuen und hatte nichts dagegen, daß der

Mann den Käfig über ihr Bett hängte. Sie stand nun sogar jeden Tag freiwillig auf, um dem Vogel Futter zu geben. Doch kaum hatte sie das getan, war sie auch schon wieder im Bett drinnen!

Als der Mann und die Frau hörten, daß in der Stadt ein berühmter Arzt zu Besuch sei, schickten sie nach ihm. Er möge, baten sie ihn, ihr Kind untersuchen. Es müsse ein verborgenes Leiden haben!

Der Arzt schickte den Mann und die Frau aus dem Zimmer und untersuchte die Agathe. Als er sie mit dem Hörrohr abhorchte, vernahm er eine leise, sonderbare Melodie, und als er genauer hinhörte, merkte er, daß die Melodie nicht aus der Agathe kam, sondern aus der Bettmatratze.

So hörte er die Matratze ab und kam zu einer Stelle, da klebte das Hörrohr am Leintuch fest und war nicht wegzubringen. ›Was soll denn das?‹ rief er, packte das Hörrohr mit beiden Händen und wollte es losreißen. Da tat sich, unter dem Rohr, ein Loch auf, und das Rohr flutschte hinein. Entsetzt wollte es der Arzt loslassen, doch er konnte seine Finger nicht mehr davon lösen. So versanken auch seine Hände im Loch und seine Arme, bis zu den Schultern hinauf.

Und die Agathe hockte daneben, rührte keinen Finger und sah seelenruhig zu, wie auch sein Kopf, sein Rumpf und seine Beine im Loch verschwanden.

Als nur noch seine Schuhspitzen zu sehen waren, warf sie das Kissen darüber, legte sich wieder hin, zog sich die Bettdecke über die Ohren und wollte einschlafen. Aber da kamen der Mann und die Frau ins Zimmer, zogen ihr die Decke weg und fragten: ›Wo ist denn der Arzt, liebes Kind?‹

Ohne die Augen zu öffnen, murmelte die Agathe: ›Zum Fenster raus! Weil er euch keine böse Nachricht überbringen mag!‹

Bleich wurden da der Mann und die Frau und fragten mit Zitterlippen: ›Was hat er festgestellt?‹

›Daß ich nur leben kann, wenn ich zu Bett bin‹, murmelte die Agathe. ›Gerade so lange, daß ich dem Vögelchen Futter geben kann, darf ich aufstehen!‹

Dem Mann und der Frau traten Tränen in die Augen. Sie schlichen aus dem Zimmer und weinten bitterlich.

Von nun an ließen sie die Agathe in Frieden und versuchten nicht mehr, sie zum Aufstehen zu bewegen. Doch eines Tages, als der Mann der Agathe das Frühstück brachte, lugte nicht einmal eines ihrer Goldhaare unter der Decke vor.

Er schlug die Bettdecke zurück und sah, daß das Bett leer war.

Verdutzt hockte er sich auf die Bettkante und überlegte, was das zu bedeuten habe, und wie er so saß, stützte er die Arme auf das Bett und spürte plötzlich ein arges Ziehen in der rechten Hand. Ohne daß er es hätte hindern können, zog es ihm die rechte Hand unter das Kissen.

›Was soll denn das?‹ rief er, riß mit der linken Hand das Kissen weg und sah, daß seine rechte Hand, bis über das Handgelenk, in der Matratze steckte. Bevor er sich noch richtig darüber entsetzen konnte, war der Arm in der Matratze verschwunden, Schultern und Kopf flutschten nach, und der ganze Mann hinterher. Als nur noch seine Schuhspitzen zu sehen waren, schwang die Schranktür auf, die Agathe stieg aus dem Schrank, warf das Kissen über die Schuhspitzen und legte sich ins Bett, zog sich die Bettdecke über die Ohren und wollte einschlafen.

Aber da kam die Frau ins Zimmer, zog ihr die Dekke weg und fragte: ›Wo ist denn der Vater, liebes Kind?‹

Ohne die Augen zu öffnen, murmelte die Agathe: ›Zum Fenster raus. Er wollte nicht mehr hierbleiben. Er ist in die weite Welt gegangen!‹

Da traten der Frau Tränen in die Augen. Sie schlich aus dem Zimmer und weinte bitterlich.

Von nun an mußte sich die Frau allein um die Gaunergeschäfte kümmern und war den ganzen Tag aus dem Haus, und wenn sie am Abend heimkam, war sie sehr müde. Eines Tages nun, als sie am Abend der Agathe das Essen ans Bett brachte und dabei vor lauter Müdigkeit gähnte, sprach die Agathe: ›Wenn du müde bist, komm doch ein bißchen zu mir ins Bett!‹

Da freute sich die Frau. So lieb hatte die Agathe zu ihr noch nie gesprochen! Sie schlüpfte zur Agathe unter die Bettdecke. Kaum eine Minute später schlug die Agathe die Decke zurück und sprang aus dem Bett.

Von der Frau war im Bett nur der Kamm zurückgeblieben, mit dem sie ihren Zopf am Kopf festgesteckt hatte.

Die Agathe nahm den Steckkamm, warf ihn zum Fenster hinaus und rief: ›Nun bin ich frei!‹

Sie nahm den Käfig vom Haken an der Decke und sagte zum winzigen blauen Vogel: ›Wir gehen weg!‹

›Da brauchst du aber Schuhe!‹ krächzte der Vogel.

Schuhe hatte die Agathe aber nun keine! Wozu hätten ihr der Mann und die Frau auch Schuhe kaufen sollen, wenn sie doch immer im Bett lag!

›Könntest du wegfliegen und mir Schuhe besorgen?‹ fragte die Agathe den Vogel.

›Könnte ich wohl‹, krächzte der Vogel. ›Aber sag mir zuerst, wohin du mit mir gehen willst!‹

›Zu meinen richtigen Eltern‹, sagte die Agathe. Sie ging zum Bett, zog das Kissen weg und zeigte auf das Loch in der Matratze. ›Das ist mein Traumloch‹, erklärte sie dem Vogel. ›Und mein Traumloch hat mir erzählt, daß mich der Mann und die Frau bloß ergaunert haben!‹

Die Agathe setzte sich auf den Bettrand. ›Früher‹, sagte sie zum Vogel, ›als ich noch klein war, war auch mein Traumloch klein. Gerade so groß wie meine Ohrmuschel. Je älter ich wurde, um so größer wurde es, und es bekam auch von Jahr zu Jahr mehr Kraft. Früher hat es höchstens eine Murmel oder ein Ringlein auffressen können, nun verschluckt es alles, was ich weghaben will!‹

›Aber dein Traumloch hat wohl vergessen, dir etwas Wichtiges zu erzählen‹, krächzte der Vogel.

›Mein Traumloch erzählt mir alles, wonach ich frage‹, sagte die Agathe.

›Dann hast du wohl nicht gefragt, ob deine richtigen Eltern noch am Leben sind‹, krächzte der Vogel.

›Das habe ich nicht‹, flüsterte die Agathe erschrocken, und dann steckte sie den Kopf in das Traumloch hinein. Als sie ihn nach einem Weilchen wieder herauszog, liefen ihr Tränen über die Wangen, und sie schluchzte: ›Was soll ich nun mit meinem Leben anfangen? Nun habe ich keine falschen und keine richtigen Eltern mehr!‹

›Alle Eltern sterben einmal‹, krächzte der Vogel. ›Und du bist doch kein Kind mehr.‹

›Aber ich habe nicht gelernt, für mich zu sorgen‹,

sagte die Agathe. ›Nicht einmal, wo ich Futter für dich hernehmen soll, weiß ich!‹

›Ich sorge für uns beide‹, krächzte der Vogel.

›Ach, wie willst du Winzling für uns sorgen?‹ sagte die Agathe und schluchzte.

›Ich muß nicht klein sein‹, krächzte der Vogel. ›Ich habe mich nur klein gemacht, damit ich bei dir sein kann. Ich habe dich einmal, im Fluge, durch das Fenster erspäht und mich in dich verliebt!‹

Während der Vogel dies krächzte, plusterte er sich auf, wurde größer und immer größer, bis er den Silberkäfig ganz ausfüllte und die Käfigstäbe zerbarsten. Dann breitete er seine Flügel aus, und die reichten von einer Zimmerwand bis zur anderen.

›Mir gehört das Nachbarland‹, krächzte er. ›Willst du mit mir kommen?‹

Die Agathe wischte sich die Tränen von den Wangen und nickte. Der Vogel legte seine Krallen um ihre Mitte, nahm eine Haarsträhne von ihr in den Schnabel und flog mit ihr zum Fenster hinaus.

Am nächsten Tag konnten sich die Nachbarn nicht erklären, warum das Haus so totenstill dalag und der Schornstein nicht rauchte und von der Frau nichts zu sehen war. Die Nachbarn vom Haus zur rechten und zur linken Seite und die alte Großmutter vom Haus gegenüber kletterten durch das offene Fenster ins Haus. Die Großmutter entdeckte das Loch in der Matratze der Agathe. Sie rief die ande-

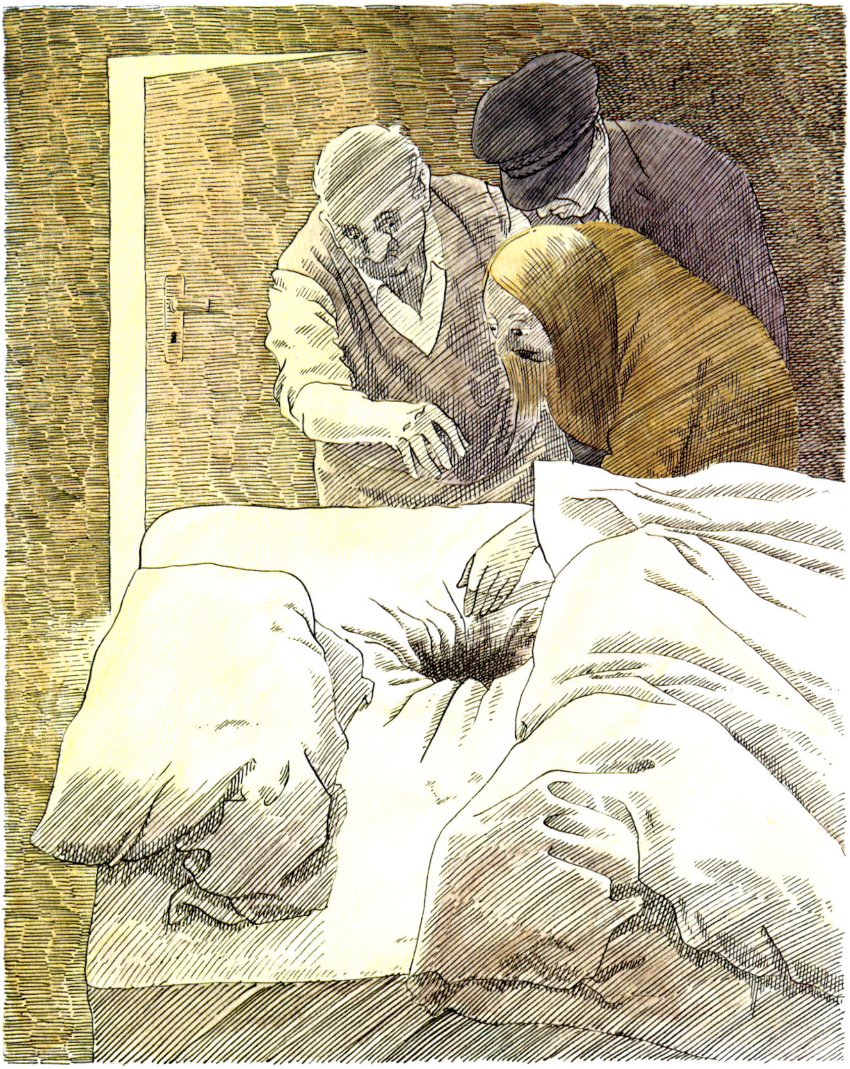

Und zu dritt starrten sie in das Loch, angst und bange wurde ihnen, die Gänsehaut kroch über ihre Rücken hinauf.

ren zwei herbei, und zu dritt starrten sie in das Loch, angst und bange wurde ihnen, die Gänsehaut kroch über ihre Rücken hinauf.

›Weg von hier!‹ riefen sie, und das waren die letzten Worte, die sie in ihrem Leben sagten, denn als sie aus dem Fenster gesprungen waren und den anderen Leuten vom grausigen Loch erzählen wollten, brachte keiner von ihnen auch nur ein Wort heraus. Stumm waren sie geworden und blieben es bis zu ihrem Tode.

So hat niemand sonst vom Traumloch erfahren, und die anderen Leute glaubten, die Frau hätte mit ihrer Tochter heimlich die Stadt verlassen – was ja unter Gaunern gar nicht so selten vorkommt.«

Als das Haustier die Geschichte vom Traumloch zu Ende erzählt hatte, kam Prinz Franz noch immer nicht zum Schlafen, denn vom Keller her fluchte und pochte es laut.

Prinz Franz fragte: »Was wird nun aus den beiden?«

Das Haustier antwortete: »Morgen in der Früh schiebe ich den Riegel wieder weg. Ich brauche die zwei schließlich, denn ich lebe von ihrem Abfall sehr bequem.«

Da war der Prinz beruhigt. Sein gutes Herz hätte es nicht ausgehalten, die beiden Gauner im Keller verschmachten zu lassen. Er kuschelte sich an das

Haustier, murmelte: »Vielleicht bessern sie sich ja auch noch!« und schlief ein.

Davon, daß ihn das Haustier auf beide Wangen küßte, wurde Prinz Franz wieder wach. »Der Abend ist da«, flüsterte das Haustier. »Die Reise kann losgehen! Paß auf dich auf und vergiß mich nicht!«

»Nie vergesse ich dich«, sagte der Prinz. »Am liebsten würde ich dich bitten mitzukommen. Meine Eltern würden dich gewiß in den Adelsstand erheben, aus lauter Dankbarkeit!«

»Das geht leider nicht!« Das Haustier seufzte. »Zwei trägt das Kissen nicht. Und ein altes Haustier braucht auch keinen Titel, sondern seine gewohnte Umgebung.«

So kletterte Prinz Franz allein auf das Dach hinaus. Das Haustier reichte ihm das Flatterflugkissen nach. Der Prinz legte das Kissen auf die Dachziegel und wollte sich auf das Kissen legen.

»Flieg lieber im Stehen«, riet das Haustier. »Heute nacht wird es nicht ganz finster. Die Regenwolken sind weg, und der Mond scheint. Wenn du auf dem Kissen liegst, könnte man von unten deine Beine baumeln sehen. Aber wenn du stehst, sieht man gar nichts von dir und hält das Kissen für eine kleine abziehende Regenwolke!«

»Wenn ich stehe, falle ich doch runter!« sagte der Prinz.

»Du kannst nicht runterfallen!« Das Haustier

streckte den Kopf zur Dachluke raus. »Das Kissen hält dich fest – als wäre es ein Magnet und du ein Stück Eisen.«

»Ehrlich wahr?« fragte der Prinz.

»So ehrlich wahr, wie ich das einzige ehrliche Wesen in dieser Stadt bin!« antwortete das Haustier.

So stellte sich der Prinz auf das Kissen, gähnte, hielt sich die Hand vor den Mund und sprach: »Gute Nacht!« Das Kissen bauschte sich ein bißchen, flatterte an allen vier Zipfeln und hob vom Dach ab.

Das Haustier winkte, Prinz Franz schwebte in den Himmel hinauf, als wäre er ein Luftballon.

»Steuere auf den Fluß zu und dann flußaufwärts«, rief das Haustier.

»Wie steuert man denn dieses Kissen überhaupt?« rief Prinz Franz.

»O Gott«, rief das Haustier, »das habe ich ja vergessen dir zu erklären! Also, passe auf, das geht ganz leicht, das geht nämlich so …«

Was das Haustier dann noch rief, konnte der Prinz nicht mehr verstehen, weil ein heftiger Windstoß das Kissen ergriff und durch die Luft wirbelte. Der Prinz schlug einen Salto um den anderen, Hören und Sehen verging ihm, aber das Kissen blieb wirklich an seinen Füßen kleben und hielt ihn weiter in der Luft.

Als sich der Windstoß gelegt hatte und der Prinz endlich wieder senkrecht auf dem Kissen stand, war vom Haustier, vom Gaunerhaus und von der ganzen Gaunerstadt nichts mehr zu sehen. Tief unter dem Kissen sah der Prinz im Dunkeln einen Glitzerstreifen und dachte: Das könnte der Fluß sein! Aber in welcher Richtung es flußaufwärts und nach Hause ging, wußte er nicht. Und hätte er es gewußt, es hätte ihm auch nichts geholfen, weil er das Flatterflugkissen nicht steuern konnte. So ließ er sich einfach treiben und dachte: Wenn die Nacht vorüber ist und es hell wird, werde ich ja sehen, wo ich bin. Und ich kann landen, wenn ich will. Schlimmer als da, wo ich herkomme, kann es dort auch nicht sein!

Angenehm war die Reise auf dem Flatterflugkissen durch die Nacht wirklich nicht. Kaum hatte sich der Prinz vom Saltoschlagen ein bißchen erholt, kam er in eine riesige, klitschnasse Regenwolke hinein. In der steckte er lange fest. Als er ihr endlich entronnen war, waren seine Kleider tropfnaß, und es wurde immer kälter und kälter. Bald war es so kalt, daß die tropfnassen Kleider des Prinzen stocksteif wurden. Richtig gefroren waren sie!

Prinz Franz flog nämlich heim nach Norden, dem kalten Winter entgegen: Er hatte schon drei Königreiche überflogen und war nun im Nachbarland seiner Heimat. Doch das wußte er nicht. Er wußte bloß, daß er sterben würde, wenn er noch lange in dieser eisigen Kälte dahintrieb. Er dachte: Gleich

So ließ er sich einfach treiben und dachte: Wenn die Nacht vorüber ist und es hell wird, werde ich ja sehen, wo ich bin.

friert mir auch noch der Mund zu, und dann kann ich weder gähnen noch »guten Morgen« sagen und bin verloren!

Doch in stockfinsterer Nacht zu landen wagte der Prinz auch nicht. Wer weiß, wo ich da runterkomme, dachte er. Könnte ja sein, daß ich in einen See platsche und ertrinke! Oder daß ich auf einen spitzen, felsigen Berggipfel falle und mir das Gipfelkreuz durch die Brust ramme!

So hielt der Prinz tapfer in der Eiseskälte durch und wartete auf den Morgen. Als die Sonne im Osten aufging und ein klarer, wolkenloser Tag anbrach, sah der Prinz, daß die Erde, über die er flog, mit Schnee bedeckt war. Dann sah er im Schnee, klein wie eine Zündholzschachtel, ein Haus. Aus dem Schornstein des Hauses stieg Rauch hoch.

Da wohnt jemand, da ist es warm! dachte der Prinz. Keine Sekunde länger wollte er mehr in der Luft bleiben! Mit viel Mühe brachte er seine eisigen Lippen zum Gähnen, mit noch mehr Mühe hob er die klamme, steife Hand zum Mund, und mit allerletzter Kraft und blauen Zitterlippen sprach er: »Guten Morgen!«

Das Flatterflugkissen verlor so schnell an Höhe, daß Prinz Franz Ohrensausen bekam. Das zündholzschachtelkleine Haus wurde größer und größer. Der Prinz konnte erkennen, daß neben dem Haus ein Baum stand, ein Baum mit einer grünen, dichten

Baumkrone. Bevor sich der Prinz noch darüber wundern konnte, daß da, mitten im Schnee, grüne Blätter an einem Baum waren, landete er. Genau vor der Tür des Hauses, auf dem Fußabstreifer!

Die Haustür ging auf, und ein alter Mann, einer mit einer ungewöhnlich langen Nase, stand vor dem Prinzen. »Ja, was ist mir denn da vom Himmel gefallen?« rief der alte Mann. Er nahm den Prinzen in die Arme und trug ihn ins Haus hinein, in eine kleine warme Stube. Dort flackerte in einem Kamin ein Feuerchen.

Der alte Mann zog dem Prinzen die gefrorenen Kleider vom Leib und wickelte ihn in eine warme Decke. Er legte ihn in ein großes Bett und sagte: »Armes Kind, schlaf ein! Schlafen tut immer gut!«

Doch Prinz Franz konnte nicht einschlafen. Er fing gottserbärmlich zu husten und zu niesen an. Und so kalt ihm vorher gewesen war, so heiß wurde ihm jetzt! Hohes Fieber hatte Prinz Franz. So viel Fieber, daß er gar nicht mehr richtig bei Sinnen war und zwischen dem Husten und Niesen wirr daherredete.

Und wild schlug er um sich.

Sieben Tage und sieben Nächte ging das so. Der alte Mann machte dem Prinzen Bauchwickel und Kopfumschläge, er flößte ihm Kräutertee ein, er wischte ihm den Schweiß von der Stirn, und er hielt ihm die Hand und sagte immer wieder tröstend: »Armes, liebes Kind, es wird ja alles wieder gut!«

Am achten Tag dann schlug der Prinz nicht mehr wild um sich. Am neunten Tag redete er nicht mehr wirr. Am zehnten Tag hatte er kein Fieber mehr. Am elften Tag mußte er nicht mehr niesen und husten. Und am zwölften Tag war er wieder gesund! Nur recht matt und schwach fühlte sich Prinz Franz noch. Und wenn er versuchte, aus dem Bett zu steigen, wurde ihm schwindlig.

»Das gibt sich bald, liebes Kind«, tröstete ihn der alte Mann. »Drei Tage noch, und du läufst wieder wie ein Wiesel!«

Der alte Mann hatte recht. Als wieder drei Tage um waren, fühlte sich Prinz Franz so kräftig und stark wie noch nie und wollte nicht mehr im Bett bleiben. »Kann ich, bitte, meine Kleider haben?« fragte er den alten Mann.

»Mit deinen Kleidern ist das ein Jammer«, seufzte der alte Mann. »Die kannst du nicht mehr anziehen!«

Die Kleider des Prinzen waren wirklich nichts als ein Haufen alter Lumpen. Vom Kriechen durch den Haustiergang waren sie völlig verdreckt. Zerfetzt und löchrig waren sie auch. Allerfeinste Prinzenkleider aus Samt und Seide stehen eben das Einfrieren nicht durch, ohne Schaden zu nehmen.

»Aber ich habe da etwas Feines!« Der alte Mann

holte ein kleines blaues Pelzmäntelchen mit Kapuze aus einer Truhe. »Das hat vor vielen, vielen Jahren meinem Sohn gehört«, sagte er. »Ich habe es aus dem Balg des großen Blaufuchses genäht. Der große Blaufuchs wollte nämlich nach seinem Tode auch noch zu etwas gut sein und hat in seinem Testament bestimmt, daß aus seinem Fell ein Mantel für seinen besten Freund, meinen Sohn, werden soll. Und wenn du ihn jetzt bekommst, wäre das dem großen Blaufuchs sicher von ganzem Herzen lieb!«

Das Blaufuchsmäntelchen paßte dem Prinzen, als wäre es extra für ihn genäht worden.

»Aber Schuhe habe ich keine für dich«, sagte der alte Mann. »Seine Schuhe hat mein Sohn immer löchrig gelaufen, die habe ich weggeworfen!«

»Ach, ich brauche keine Schuhe«, sagte der Prinz. »Das Mäntelchen hält mich oben so warm, daß mir unten gar nicht kalt werden kann!«

Der Prinz lief vor das Haus in den Schnee, um dem alten Mann zu zeigen, daß er auch ohne Schuhe nicht fror.

Und da sah er wieder den Baum, der mitten im Winter grüne Blätter hatte.

»He, alter Mann«, rief er. »Was ist mit dem Baum? Wieso ist der nicht kahl?«

Der alte Mann kam vor das Haus. »Das ist eine lange Geschichte«, sagte er. »Da würde ich mir die

Nase abfrieren, wenn ich sie dir hier draußen erzählen würde!«

So lief der Prinz ins Haus zurück, setzte sich zum alten Mann und hörte sich die Geschichte vom wintergrünen Baum an, und die ging so:

»Den Baum habe ich gepflanzt, als mein Sohn auf die Welt gekommen ist. Als mein Sohn seinen ersten Schrei getan hat, habe ich gerade die Wurzeln des winzigen Bäumchens in der Erde festgetreten. Damals war das Bäumchen genauso lang wie mein neugeborener Sohn. Und sie sind auch weiter gleich schnell gewachsen, jeder jedes Jahr um ein paar Zentimeter. Das Bäumchen war wie alle anderen Bäumchen auch, im Sommer grün und im Winter kahl. Und dann, eines Tages, da ist mein Sohn krank geworden. Mitten im Sommer war das. Und dann«, der alte Mann hatte Tränen in den Augen, »dann ist er mir gestorben. An dem Tag, wie ich ihn begraben habe, da hat der Baum, mitten im Sommer, alle seine Blätter verloren. Ich habe mir gedacht, das hat schon seine Richtigkeit. Mein Sohn und sein Baum, habe ich gemeint, seien eben zusammen gestorben. Aber dann, im nächsten Winter, während eines Schneesturms, hat der Baum ausgetrieben, und seither lebt er verkehrt! Hat, für sich allein, den Winter zum Sommer gemacht und den Sommer zum Winter. Und er hat zu mir gesagt …«

Der Prinz unterbrach den alten Mann: »Wer hat etwas zu dir gesagt? Der Baum?«

Der alte Mann nickte. »Ja, der Baum! Er redet seither! Zuerst habe ich ja auch gedacht, ich bilde mir das nur ein. Das ist bloß das Rauschen seiner Blätter, habe ich gemeint. Aber er spricht auch, wenn er keine Blätter hat und wenn es ganz windstill ist. Er hat die Stimme meines Sohnes.«

Der alte Mann wischte sich die Tränen aus den Augen. Dann fuhr er fort: »Und er denkt auch wie mein Sohn. Mein Sohn war nämlich sehr klug, viel klüger als ich! Immer hat er Rat gewußt. Und nun gehe ich zum Baum, wenn ich Rat brauche. Wie du todkrank in meinem Bett gelegen bist, habe ich mir auch jeden Tag Rat von ihm geholt. Er hat mir gesagt, welchen Tee ich dir kochen soll und wo ich dir einen Umschlag machen muß. Ohne ihn hätte ich nicht gewußt, wie ich dich durchbringen soll.«

»Glaubst du, alter Mann«, fragte Prinz Franz, »hat der Baum auch einen Rat für mich? Ich habe nämlich Rat bitter nötig!«

»Ich weiß, ich weiß, liebes Kind«, sagte der alte Mann.

»Woher willst du das wissen?« fragte der Prinz. »Ich habe dir doch von meinem Kummer noch gar nichts erzählt!«

»Doch, doch«, sagte der alte Mann. »Wie du krank gewesen bist, hast du in deinen Fieberträumen viel erzählt. Doch das war alles recht wirr, da konnte man sich nicht auskennen. So habe ich den Baum gefragt. Und der hat mir alles erklärt. Von deinen Eltern, von der Reise auf dem Fluß, vom großen blauen Vogel und vom wunderschönen Mädchen, vom Teddybären und von den Gaunern und dem Flatterflugkissen. Der Baum weiß alles. Ganz so wie früher mein Sohn!«

»Weiß er auch, in welcher Richtung es in meine Heimat geht und wie weit es bis dorthin ist?« fragte der Prinz.

»Das, liebes Kind, weiß sogar ich«, sagte der alte Mann. Er ging zum Fenster und hauchte ein Guckloch in die vereiste Scheibe. Auch Prinz Franz schaute durch das Guckloch.

»Wir sind hier auf einer klitzekleinen Insel im großen Fluß, der von Norden nach Süden fließt«, erklärte der alte Mann. »Linker Hand über dem Wasser beginnt das Reich deiner Mutter, rechter Hand über dem Wasser fängt das Reich deines Vaters an!«

Vor Freude tat Prinz Franz einen Luftsprung und klatschte in die Hände. Doch kaum hatte er wieder festen Boden unter den Füßen, war auch die Freude aus seinem Gesicht verschwunden.

»Ich weiß, ich weiß«, sagte der alte Mann. »Nun sollst du dich wieder entscheiden, wem du gehören willst! Und das ist sehr schwer. Bleib ruhig bei mir, bis du es weißt. Mein Inselchen gehört weder deinem Vater noch deiner Mutter. Es gehört mir allein. Seit eh und je schon. Hier haben deine Eltern kein Recht. Und nur, wenn ich es ihnen erlaube, dürfen sie bei mir an Land gehen!«

»Aber daß ich noch am Leben bin«, rief Prinz Franz, »sollten wir ihnen schon sagen!«

»Da hast du recht, liebes Kind«, sagte der alte Mann. »Ich schicke die zwei Täubchen zu ihnen!«

Er ging zur Haustür, öffnete sie und rief: »Ihr guten Täubchen, kommt zu mir, ich habe Arbeit für euch!«

Aus dem wintergrünen Baum flatterten zwei weiße Tauben hoch, flogen zum alten Mann und setzten sich auf seine Schultern.

»Der Baum hat uns schon gesagt, was wir zu tun haben«, gurrte die eine, und die andere gurrte: »Wir fliegen zum König und zur Königin und teilen ihnen mit, daß ihr Prinz gerettet und bei dir in Sicherheit ist!«

»Recht so, meine Täubchen«, sagte der alte Mann. »Und verirrt euch nicht!«

»Wo werden wir denn«, gurrten die Tauben und flogen davon. Die eine der rechten Reichshälfte zu, die andere der linken Reichshälfte zu.

Mitten in der Nacht kamen die zwei Tauben bei den Königsschlössern an. Weil es Winter war, waren alle

Fenster in den Schlössern fest verschlossen. Nicht einmal ein kleines Oberlicht war offen. Doch in jedem Schloß brannte noch hinter einem Fenster Licht. Im einen Schloß war noch im Gemach des Königs Licht, im anderen Schloß war noch im Gemach der Königin Licht. Seit Prinz Franz den Fluß hinuntergeschwommen war, konnten der König und die Königin aus lauter Kummer und Sorge kaum noch Schlaf finden. Und viel kränker als vor der Scheidung waren sie jetzt auch. Kummer und Sorge und Schlaflosigkeit setzten dem Magen und der Galle noch mehr zu als vorher der Streit. Seit einer Woche lagen der König und die Königin nur noch in ihren Himmelbetten und seufzten vor sich hin. Und die Zofe und der Kammerdiener mußten die beiden Reichshälften ganz allein regieren.

Die Tauben setzten sich auf die königlichen Fenstersimse vor den Schlafgemächern und pickten an die Fensterscheiben. Weder der König noch die Königin hätten in ihrem Schmerz das leise Klopfen bemerkt, doch die Zofe und der Kammerdiener sahen die Tauben, als sie nach ihrer Herrschaft sahen. Sie öffneten die Fenster und ließen die Tauben ein. Und die Tauben gurrten ihre Botschaft, und da hörten der König und die Königin zu seufzen auf. Sie sprangen aus den Betten und riefen: »Gott sei Dank! Mein Franz lebt! Ich muß meinen lieben Franz heimholen!«

Sie nahmen die Leuchter von den Nachttischen und liefen, so, wie sie waren, in ihren Nachthemden nämlich, aus den Schlafgemächern und die Schloßtreppen hinunter. Und die Zofe und der Kammerdiener liefen hinter ihnen her, mit den königlichen Schlafröcken und Pantoffeln in den Händen.

Dem Fluß zu liefen der König und die Königin. Der König von links her, die Königin von rechts her.

»Zofe, mach das Boot los«, rief die Königin.

»Kammerdiener, mach das Boot los«, rief der König.

Aber weil es mitten im Winter war, lag kein Boot am Ufer. Weder auf der einen noch auf der anderen Flußseite. Den Winter über waren die Boote in den königlichen Schuppen.

So machten die Zofe und der Kammerdiener kehrt, um die Boote aus den königlichen Schuppen zu holen.

Ungeduldig lief die Königin an ihrem Ufer auf und ab, ungeduldig lief der König an seinem Ufer auf und ab. Und wie sie so hin und her liefen, sahen sie am anderen Ufer ein Licht hin und her wandern.

»Wer ist da drüben?« brüllte der König.

»Wer ist da drüben?« brüllte die Königin.

»Hier ist die Königin!« brüllte die Königin.

»Hier ist der König!« brüllte der König.

»Unser Franz lebt nämlich!« brüllte die Königin.

»Und es geht ihm gut!« brüllte der König.

»Er ist im klitzekleinen Inselreich«, brüllte die Königin.

»Beim uralten Inselchenkaiser«, brüllte der König.

»Die Zofe bringt mir mein Boot«, brüllte die Königin, »soll ich dich abholen?«

»Der Kammerdiener bringt mir mein Boot«, brüllte der König, »ich kann dich auch abholen!«

Doch da kamen die Zofe und der Kammerdiener gelaufen, und die Zofe rief: »Frau Königin, ich kann die Ruder nicht finden!« Und der Kammerdiener rief: »Herr König, die Ruder sind zerbrochen!«

Die Zofe zeigte auf den Fluß und sagte: »Mit dem Boot hätten wir sowieso nicht fahren können, es treiben ja lauter Eisschollen auf dem Wasser!«

Und der Kammerdiener zeigte auf den Fluß und sagte: »Die Eisschollen würden jedes Boot zermalmen, bevor es noch vom Ufer gekommen ist!«

»Ich muß aber zum Inselchen!« rief die Königin.

»Ich muß aber zum Inselchen«, rief der König.

Bevor die Zofe und der Kammerdiener die Königin und den König daran hindern konnten, waren die beiden vom Ufer weg auf eine Eisscholle gesprungen und von dieser hurtig auf die nächste. Von Scholle zu Scholle sprangen sie. In der Flußmitte trafen sie aufeinander und sprangen zusammen weiter flußabwärts dem Inselchen zu. Einmal kam die Königin mit einem Bein zwischen zwei Eisschollen, und der König mußte sie herausziehen. Einmal rutschte der König auf einer Eisscholle aus, und die Königin mußte ihm aufhelfen, sonst hätte ihn die nachkommende Eisscholle erdrückt.

Je länger sie auf den Eisschollen unterwegs waren, um so besser gelang ihnen das Schollenspringen. Sie hielten einander fest an der Hand und hüpften drauflos, als hätten sie nie anderes getan, als über Eisschollen zu springen.

Prinz Franz ahnte von alledem nichts. Er lag neben dem alten Mann im Bett und schlief. Der alte Mann schlief auch. Doch als der König und die Königin schon nahe beim Inselchen waren, fing der wintergrüne Baum so mächtig zu rauschen an, daß der alte Mann und der Prinz davon munter wurden. Der alte Mann stand auf, schlüpfte in seinen Mantel, setzte seinen Spitzhut auf und ging aus dem Haus zum Baum hin. »Was gibt es denn?« fragte er.

»Seine Eltern kommen«, sagte der Baum. »Gleich werden sie am Ufer sein!«

»Soll ich sie zurückjagen?« fragte der alte Mann.

»Ach, bitte nein!« rief da Prinz Franz. Er war hinter dem alten Mann hergelaufen und hatte alles mit angehört. »Ich habe nämlich solche Sehnsucht nach meinen lieben Eltern«, sagte er.

»Aber wenn deine Eltern dann wieder um dich streiten und jeder dich für sich haben will, was wirst du dann tun?« fragte der alte Mann. »Die zwei haben ja keinen Verstand, die reißen dich doch glatt in zwei Hälften!«

»Komm in meine Krone rauf«, sagte der Baum. »Da kann dir nichts passieren!«

»Das ist wahr«, rief der Prinz und kletterte flugs den Baumstamm hinauf und setzte sich auf einen dicken Ast.

Von der Baumkrone aus konnte der Prinz das ganze Inselchen überblicken und sah seine Eltern von einer Eisscholle an Land springen.

»Ach Gott!« rief er entsetzt. »Meine armen Eltern haben ja bloß ihre Nachthemden an!«

»Ach Gott«, rief er erstaunt, »sie halten sich an der Hand! Das habe ich noch nie bei ihnen erlebt!«

»Jetzt mußt du schlau sein, liebes Kind«, sagte der Baum. Und der alte Mann nickte und sagte: »Tu nur immer, was dir der Baum rät, er ist klüger als wir zwei zusammen!«

Dann drehte sich der alte Mann um und schritt langsam dem König und der Königin entgegen. »Halt! Keinen Schritt weiter!« rief er ihnen zu. »Wer hat euch erlaubt, mein Inselreich zu betreten?«

Der König und die Königin blieben stehen.

»Werter Herr Inselchenkaiser«, sagte die Königin, »zwei Tauben haben uns berichtet, daß unser Sohn bei Ihnen ist.«

»Und den wollen wir abholen, werter Herr Inselchenkaiser«, sagte der König.

»Haben die Tauben auch berichtet, daß Prinz Franz von mir weg will?« fragte der alte Mann.

»Haben sie es dir gegurrt?« fragte die Königin den König.

»Mir nicht«, antwortete der König. »Aber dir doch wohl?« Die Königin schüttelte den Kopf.

»Warum sollte er auch zurückwollen?« rief der alte Mann. »Geht er mit einem von euch, hat er den anderen verloren! Er kommt nur heim, wenn ihr wieder miteinander lebt!«

»Das können wir nicht«, sagten der König und die Königin. »Wenn wir zusammen sind, müssen wir streiten, und der Streit macht uns krank!«

»Dann bleibt der Franz bei mir«, rief der alte Mann. »Und ihr müßt euch um ihn grämen und könnt auch nicht gesund werden!«

»Ruf die beiden her«, flüsterte der Baum dem Prinzen zu, und Prinz Franz rief: »Liebe Eltern, hier bin ich!«

Der König und die Königin liefen zum Baum.

»Franz, lieber Franz«, riefen sie. »Komm herunter! Laß dich umarmen und küssen!«

»Nein!« rief Prinz Franz. »Ich habe Angst vor eurer Liebe! Eure Liebe hat mich in Lebensgefahr gebracht.«

»Das haben wir doch nicht gewollt, lieber Sohn«, riefen der König und die Königin.

»Um so schlimmer«, sagte der Prinz. »Dann kann es ja immer wieder passieren!«

Die Königin und der König knieten vor dem Baum nieder und flehten Prinz Franz an, er möge doch vom Baum herunterkommen und ihnen vergeben.

Da war der Prinz so gerührt, daß er gleich vom Ast springen und seinen Eltern in die Arme fallen wollte. Doch der Baum schlang einen Zweig um seinen Bauch und hielt ihn fest. »Jetzt noch nicht«, flüsterte er. »Du mußt hart bleiben! Sonst ist morgen schon alles wie früher, und sie streiten sich wieder um dich!«

»Was soll ich ihnen denn sagen?« flüsterte der Prinz dem Baum zu.

»Sag ihnen«, wisperte der Baum, »daß sie keine guten Eltern sind, weil ihnen ihr Bauch und ihr Magen wichtiger sind als du!«

»Das kann ich nicht«, flüsterte der Prinz. »So sehr kränken mag ich meine liebe Mutter und meinen lieben Vater nicht!«

»Dann werde ich es ihnen sagen«, wisperte der Baum. Ganz gewaltig fing er zu rauschen an, seine

Äste bogen sich, als sei ein großer Sturm losgebrochen, und es brüllte aus dem Baum mit schrecklicher Donnerstimme: »Schert euch weg! Eltern, die einem Kind so viel Kummer machen, sollten sich in einem Schneeloch verkriechen!«

Wie vom Blitz getroffen, standen die Königin und der König da.

»Wer hat da gesprochen?« flüsterte die Königin.

»Das war der Baum!« flüsterte der König.

Da fing die Königin vor Angst zu zittern an und hielt sich am König fest. Und der König zitterte auch und sprach mit Zitterstimme zum Baum: »Verehrter Baum, Sie haben ja recht, aber was soll man denn tun, wenn man immer streiten muß und magenkrank und gallenkrank wird? Davon kann man doch sterben! Und wir zwei sind zum Sterben noch viel zu jung!«

Der Baum flüsterte dem Prinzen zu: »Brich zwei Zweige von mir und wirf sie deinen Eltern zu!«

Der Prinz tat, wie vom Baum befohlen, und der Baum rauschte wieder gewaltig und donnerte: »Wenn ihr jeden Tag eines von diesen Blättern eßt, dann wird euch Wichten nichts mehr weh tun! Nicht der Magen und nicht die Galle!«

Und der alte Mann rief: »Wenn es mein Baum sagt, könnt ihr es glauben, mein Baum hat immer recht!«

Die Königin und der König knieten vor dem Baum nieder und flehten Prinz Franz an, er möge doch vom Baum herunterkommen und ihnen vergeben.

Der König und die Königin hielten die Zweige in den Händen und schauten einander an. »Seit die Taube bei mir war«, sagte die Königin, »spüre ich meinen Magen gar nicht mehr!«

»Und meine Galle spüre ich auch nicht mehr«, sagte der König.

»Und vielleicht könnten wir uns ja wirklich wieder vertragen«, sagte die Königin.

»Und wenn es nicht gelingt, könnten wir ja von den Blättern essen«, sagte der König.

Da klatschte Prinz Franz in die Hände und sprang vom Baum.

Er umarmte seine Eltern und küßte sie.

Den alten Mann küßte und umarmte er auch. Und den Baum streichelte er und flüsterte ihm zu: »Lieber, lieber Baum, hab vielen, vielen Dank!«

Eine Woche lang blieben Prinz Franz und der König und die Königin noch auf der klitzekleinen Insel. Sie mußten abwarten, bis keine Eisschollen mehr auf dem Fluß trieben. Dann brachte sie der alte Mann in seinem Boot an das linke Flußufer; denn es war ja Winter, und für den Winter gab es ja das Königsschloß am linken Flußufer.

Einen riesigen Strauß aus Baumblättern hatte Prinz Franz in den Armen, als er aus dem Boot stieg. Der Kammerdiener, der am Flußufer stand und die Königsfamilie begrüßte, wunderte sich sehr darüber.

Noch jahrelang wunderte sich der Kammerdiener über den Baumblätterstrauß, der im Thronsaal zwischen den Thronsesseln stand und nicht verwelkte.

Und an manchen Tagen sah er, wie der König oder die Königin ein Blatt vom Strauß rupfte und in den Mund steckte. »Kannst du dir darauf einen Reim machen?« fragte er die Zofe, die natürlich auch wieder bei der Königsfamilie war. Und die Zofe sagte: »Ach was, königliche Herrschaften haben halt sonderliche Gelüste!« Und der Kammerdiener sagte dann: »Hauptsache, sie streiten nicht mehr und sind wieder gesund!«

Worauf die Zofe dann sinnend murmelte: »Wie das wohl gekommen sein mag, daß sich das so geändert hat mit den beiden?«

Prinz Franz hörte die Zofe und den Kammerdiener oft so reden. Doch er schwieg dazu, denn er hatte dem alten Mann versprochen, keiner Menschenseele ein Wort von dem zu sagen, was sich auf der klitzekleinen Insel zugetragen hatte. Dieses Versprechen hielt Prinz Franz sein Leben lang. Und hätte man, viele hundert Jahre später, nicht auf der klitzekleinen Insel einen uralten Baum gefällt und wäre aus dessen Krone nicht ein kleines Buch gefallen, hätte man die Wahrheit nie erfahren. In dem kleinen Buch war die Geschichte aufgeschrieben, mit grüner Tinte …

Wie das Buch auf den Baum gekommen ist, und wer die Geschichte aufgeschrieben hat, weiß man nicht. Jedenfalls fängt sie so an:

»Vor meines Vaters Haus fiel eines Tages ein gefrorener Prinz vom Himmel …«

Bücher von Christine Nöstlinger

Hugo, das Kind in den besten Jahren
Phantastischer Roman. Bilder von Jörg Wollmann. 224 Seiten, Leinen (80120) *ab 12*
Reihe Kinderbibliothek. Kapitelbilder von Jutta Bauer. 320 Seiten, Pappband (79505)

Der Hund kommt!
Farbige Bilder von Jutta Bauer. 204 Seiten, Pappband (80172) *ab 8*
Österreichischer Staatspreis für Kinder- und Jugendliteratur

Der neue Pinocchio
Die Abenteuer des Pinocchio neu erzählt. Mit farbigen Bildern von Nikolaus Heidelbach. 216 Seiten, Pappband (80193) *ab 6*

Lollipop
Bilder von Angelika Kaufmann. 120 Seiten, Gullivers Taschenbuch (78008) *ab 8*
Auswahlliste zum Deutschen Jugendliteraturpreis

Die Kinder aus dem Kinderkeller
Aufgeschrieben von Pia Maria Tiralla, Kindermädchen in Wien. Mit Bildern von Heidi Rempen. 88 Seiten, Pappband (80146) *ab 8*

Wir pfeifen auf den Gurkenkönig
Bilder von Werner Maurer. 144 Seiten, Pappband (80214) *ab 9*
Deutscher Jugendliteraturpreis

Der Zwerg im Kopf
Bilder von Jutta Bauer. 168 Seiten, Pappband (80035) *ab 9*

Beltz & Gelberg
Beltz Verlag, Postfach 10 01 54, 6940 Weinheim